illustration Hiromu Arakawa

小説

鋼の錬金術師

砂礫の大地

もくじ

砂礫の大地

イラストレーション｜荒川　弘　HIROMU ARAKAWA

プロローグ

荒れ果てた黄土色の大地。

その一角に、女の子が伏せっていた。

年の頃は、七〜九歳くらいだろうか。ぱっちりとした瞳。桃色の唇。二つに結ばれた肩まで伸びたブラウンの髪。笑った顔はさぞかし可愛いだろうと思わせる。

だが今、彼女の頬《ほほ》は強張《こわば》って震《ふる》えていた。泣くまいと我慢《がまん》はしているが、瞳は潤《うる》みきっている。

彼女の下半身には、鉄製の台車が覆《おお》い被《かぶ》さっていた。

「…う…」

地面には棒で描いた絵がいくつかあり、彼女がつい先ほどまでここで遊んでいたことが分かる。だが、いつものように彼女がトロッコに寄りかかった時、それは今日に限ってぐらりと倒《たお》れてきたのだった。

声を上げて泣きたいのを我慢しながら顔を上げる。這《は》い出そうと試した結果できてしまった擦《す》り傷を腕に見つけて、彼女はついにしゃくりを上げた。

動く上半身を必死に曲げて見つめる先には、土埃《つちぼこり》に霞《かす》む家々が見えた。

「…パパァ！」

懸命《けんめい》に叫ぶが、その声は届かない。

誰も気づいてくれなかったらどうしよう、そう思った途端《とたん》、小さな胸を恐怖が満たした。

「うわ～～～～～～～んっ」

堰《せき》を切ったように泣き出す彼女の頬に、涙がいく筋も流れる。零れた涙跡に土がこびりついた。

「パパ～！」

その時、汚れた顔に影が落ちた。

「…大丈夫。すぐに助けてあげるから、泣くな」

突然の声に驚いて顔を上げた少女の瞳に、太陽を背にして立つ姿が映った。

逆光で風貌《ふうぼう》は見えないが、身体つきと声の感じで少年であることが分かる。

「ちょっと待ってな」

少年はそう言うと、下を覗《のぞ》き込んだ。

「痛くないか？」

トロッコを少しだけ押して少年は聞く。

「…うん」

「トロッコと地面の間に鉄骨がある。丁度その間に挟《はさ》まってるだけだよ。大丈夫、足は怪《け》我《が》してないみたいだ」

鉄製のトロッコは、中になにもなくても充分に重い。大きな石を載《の》せて走るものだ。頑《がん》丈《じょう》に出来ている。そんなものが少女の下半身にまともに乗ったら大怪我しているところだ。彼女が助けを呼ぼうと上半身だけでも動かせたのは、トロッコを支える鉄骨が間に挟まっていたからである。

「今、どかしてやるから」

重いトロッコを前に、少年は事もなげにそう言った。トロッコを思い切り押すかなにかするのかと少女が見守る前で、少年は一歩下がった。

「じっとしてな」

少年の両手がトロッコの脇《わき》に突き出た鉄骨に触《ふ》れた。

「……？」

なにをしてるのだろう、と思った途端、身体の上の圧迫感がふいに消えた。

自分の足を振り返った彼女の目の前で、トロッコが弾かれたように向こう側へ倒れていく。そして、足の横には見慣れない鉄の柱。それは、確かにトロッコの下に挟まっていたものなのに、今は空に向って飛び出したように立ち上がっている。

まるで、地面から飛び出した棒がトロッコを跳《は》ね上げたように。

「…？」

なにが起きたのか分からないままの少女の足元に少年が膝《ひざ》をついた。

「…うん、擦り傷が少しあるだけだ。良かったね、大きな怪我がなくて」

笑った少年の顔が太陽に照らされた。その顔は少女の知る町の誰かではない。

「…お兄ちゃん、誰？」

少年は額《ひたい》にかかった金髪を払いのけながら、笑顔を見せると手を差し出した。

「エドワード・エルリック、だ。よろしく」

彼女に向けられた銀色の瞳が、太陽の光を受けて輝いていた。

第一章

金の髪

「本当にここでいいのか？」

「多分…」

「聞いてた話と違うぞ？」

「そうだね」

立ち尽くした二人は、揃《そろ》って地図を見る。

「…ここで、合ってるよなあ？」

「うん。駅のおじさんもこのレールの先にあるって言ってたしね」

まっすぐに続くレール。その線上を歩いていた二人は足元を確かめる。靴《くつ》の下で、レールは確かにまっすぐ先へと続いていた。

「…緑の絨毯《じゅうたん》を進め。辿《たど》り着くのは希望の地。そびえる山は金色に輝く…か」

そう呟くとエドワードは眼前の土地を見渡した。

「金鉱の町ゼノタイム。とてもそうは見えないな」

「そうだね…」

隣《となり》に立つ、アルフォンスも同意する。

長い金髪を後ろで編み、小柄な身体に黒い服、白い手袋、赤いコートを纏《まと》っている少年は、名をエドワード・エルリックという。髪と同じ色をした金色の瞳。意思の強さを表わすようにすっきりとした眦《まなじり》が印象的だ。一見するとただの生意気そうな少年だが、人にはそうそう言えない重い過去を背負っている。その経歴の果てにあるのが、機械鎧《オートメイル》の右手と左足だった。

その横に立つのは、アルフォンス・エルリック。エドワードの弟である。

アルフォンスは全身青銅色の鎧《よろい》に包まれたいでたちである。その中にエドワードより一つ下の少年が入っているとは想像しにくい。実際、鎧の中は空洞《くうどう》である。彼を彼たるものに至らしめているのは、鎧の内側に描かれた血文字であった。アルフォンスの魂《たましい》もそれによって繋《つな》がれている。

この大きな鎧と対比するとエドワードはずっと小さく、まわりから見るとこの鎧を着た少年の兄だとは思えない。もっとも、エドワード自身の対比として、同じ年頃の少年を連れてきたとしても、小さく見られるのに違いはないのだが。

「…結構歩いたけど、誰にも会わなかったな」

エドワードは後ろを振り向く。

レールの向こうには、駅がぼんやりと見えた。前を見れば、同じようにレールが伸び、町へと吸い込まれている。二人が町を目指して歩く間、すれ違う人はおろかトロッコがレールを走ってくることもなかった。

金の町ゼノタイム。エドワードたちの知っている話では、信じられない程に金が取れる山があるということ。金細工の技術が素晴らしく、ゼノタイムの金細工といえば、高額《こうがく》な値段で売り買いされる、ということだ。以前は緑豊かで農業がさかんだった町は、金が見つかった当初、揺れる草の間に金が光っている、とまで言われた楽園のような土地らしい。金が発見されてから大分たっているとはいえ、その豊かな大地の片鱗《へんりん》は拝めるだろうと二人は思っていた。

だが、実際見えるのは、茶色の世界。

二人が道しるべにしたレールも錆《さ》びつき、朽《く》ちかけた枕木が横たわっている。風が吹くたび舞い上がる土が、遠くに見える家々を霞《かす》ませていた。そして、その向こう側には奇怪なものがそびえていた。もとは大きな山だったのだろう。だが、今は切り崩《くず》され、削《けず》られ、薪《まき》を割ったような巨大な縦長《たてなが》の岩が、何本か立っているようにしか見えなかった。

レールの脇《わき》に放り出されたトロッコや、数え切れないほどの岩や土砂利の山。そのまわりに立つ鉄骨。荒れた雰囲気《ふんいき》は否めなかった。

茶色の大地の上で、ぶらさがった滑車《かっしゃ》が、風が吹くたびカラカラと揺れていた。

「見ろよ、これ。随分《ずいぶん》使われていないみたいだ」

エドワードは、赤く錆びた塔をつついた。

「今にも崩れそうだよな。指一本で倒せたりして」

ははは、と笑ったエドワードに押されるままに、塔がゆっくりと傾《かたむ》く。

「あ」

本気で倒すつもりはなかったのだが、すでに遅い。

キイィィィ………ドォォン………。

塔は、力尽きたかのように倒《たお》れてしまった。

「………」

「…崩れそうっていうか、崩したね、兄さん」

この塔は放置しているのだろうと勝手に思い込んではいるが、まだ使っている可能性もないとは言えない。

「…錆びてたし、使ってないよな?」

しまった、という顔をしながら同意を求めるエドワードに、アルフォンスはうなずきながらも優しく答える。

「でも、町から聞こえるあの音は、まだ採掘《さいくつ》はしている感じだよね」

耳をすませば機械の稼働《かどう》する音と、山を削る音が風に乗って聞こえてきていた。となると、このことが知られたら、町の物を壊した二人はいい印象を抱かれないだろう。旅先でわざわざ自ら問題を提供するのは馬鹿《ばか》らしい。

「兄さんたら、そういうトコ相変わらずだよね。気をつけてよ」

まるで小さい弟を注意するようにアルフォンスに言われて、エドワードは肩をすくめた。

「とりあえず、直しとくか」

手にしたトランクをアルフォンスに突きつける。

「崩れそうなものに、わざわざ手を出す人なんてそうそういないよ、もう」

そう愚痴《ぐち》るアルフォンスの前で、エドワードの両手が勢い良く合わさった。

崩れた塔の一点に、空気が収縮《しゅうしゅく》したかのように見えた。その一瞬後に弾けるように大気が振動《しんどう》し、光が飛び散る。

「…一丁あがり。さ、行こうかアル」

霧散《むさん》した光が消えると、エドワードはトランクを持ち直し、歩き出す。追いかけるアルフォンスの後ろで、そっくり元のまま、塔が建っていた。


やっと着いた町の入口には、何軒もの朽ちかけた家があり、窓枠や土台は地面と同じように土色に変わっていた。それでも町の真ん中辺りまで進むと、活気が感じ取れるようになる。人々の話し声や、岩を叩く音。店には「オープン」の札がかかり、窓からは豪奢《ごうしゃ》な金細工の商品が見て取れた。

エドワードはゆっくりと走って行くトロッコを目で追う。

「この寂《さび》れた町にオレたちの探すものがあるといいけどな」

「どうだろうね。異常に金が発掘されると聞いたから、もしかしたらと思っていたけど…それにしては荒れ果ててるね」

「大量の発掘は、ただの偶然《ぐうぜん》みたいだ。金が無限に生まれたわけじゃないのかも」

「…じゃあ、戻る？」

「まさか。決めただろ。しらみつぶしに探すって。〝そうかも〟や〝そうらしい〟かは、行って確かめるさ」

エドワードの瞳が強い意思を秘めて煌《きらめ》く。その揺るぎない決意にアルフォンスも大きくうなずいた。

「そうだよね」

「そうさ」

互いの意思を確認し合った二人は、とりあえず一息つくために町の中心にある食事処へと入って行った。

店には十個ほどのテーブルがあり、採掘で土にまみれた男たちが数人座ってコーヒーを飲んでいた。彼らに、どーも、と挨拶《あいさつ》しながら二人は席につく。

「見ろよ、アル。金細工の平面図だ」

エドワードは壁《かべ》に貼《は》られた紙を指差した。

「この完成品をどっかの金持ちが買ったんだってさ」

「凄《すご》いねぇ」

アルフォンスは感嘆する。

豪奢に、そして、緻密《ちみつ》に描かれた図は、完成品がどれだけ素晴らしいものか、見る者の想像力を刺激する。壁には何枚もの図面が貼られており、店に来た旅行者にこの町の技術を知らしめるには充分だった。

「うわ、凄い値段だ。えっと、一、十…」

一枚の図面に顔を近づけて見入っていたエドワードは、下に書かれた売買時の価格を見つけて、ゼロの分だけ指を折る。

「百…五百…五百万センズ!? ホントかよ」

べたりと壁に張り付いて数字を数えるエドワードの隣で、アルフォンスは落ち着いて図をじっくりと見る。

繊細《せんさい》な模様《もよう》のついた大きな器や、短い足のついた小さなテーブル。黒いペンで描かれたそれらが本来は金色だと思うだけで目が眩《くら》みそうだ。欲しいとは思わない。だが、目を奪われる図面ではある。

アルフォンスは、一番大きな図面に見入る。それも素晴らしい細工だった。

「金細工なんて、贅沢《ぜいたく》品なだけかと思ってたけど……」

「芸術品でもあるだろう?」

まさに言おうとした言葉を当てられて、アルフォンスは声の主へと目を向けた。

「注文、なんにするかい？」

そう二人に笑顔を向けたのは、顎《あご》に髭《ひげ》をたくわえた、ひょろりと背の高い男だった。店の主人であるらしく、エプロン姿がさまになっている。

「いらっしゃい。旅の人だね？　ここの金細工も素晴らしいが、うちのチキンの香草焼きもなかなかだよ」

主人が屈託《くったく》なく笑うと、店にいた他の者たちがそれぞれのテーブルから話し掛けてくれた。

「旅の人、それを頼《たの》むのがいいよ。香草焼き以外は、おススメできない」

誰かが言うと、店の中に笑い声が溢《あふ》れた。

「この前の煮付けは、とても食べられたモンじゃなかったしなぁ」

「わはは、そうそう」

主人は気にしたふうもなく、コーヒーカップを取り出す。

「なぁに、いずれレシピも増やすさ。注文は香草焼きでいいかい？」

「じゃあそれを下さい。あとパンも」

エドワードの注文を受けて、主人はカウンター内のキッチンで皿を並べる。

「鎧の君はいいのかね？　遠慮《えんりょ》はいかんよ」

「ええ。お腹が空いてないので、いいんです」

アルフォンスは『食べる』ことが出来ない。気を遣ってくれた主人に申し訳なさそうに断りながら、図面を指す。

「あの、この図面は、えっと…ご主人…？」

主人はにっこりとして名乗ってくれる。

「レマックだよ」

「レマックさんが作ったものなんですか？」

「殆《ほとん》どがそうさ。もう随分前の作品だけどね。大きな図面のは、町の皆で作ったものだ」

「凄いなあ」

アルフォンスは、心からそう言う。

「ありがとう。金持ち以外は買えないものばかりだから、ただの贅沢品にしか思われないが、それを見ると皆、芸術的だと言ってくれるのさ」

スープの入った皿をテーブルに出すレマックに、エドワードは問う。

「その芸術品の図面を公にしてしまっていいの？」

卓越《たくえつ》した技術こそ、秘密にすることは当然である。店に貼り出せば、町の者どころか、エドワードたちのような通りすがりの旅行者まで見てしまうことが出来る。だが、レマックは気にしてないようだ。

「一朝一夕で培《つちか》われた腕じゃない」

簡単に真似が出来るような仕事ではない、という自信がそこにはあった。

「すごく綺麗《きれい》です。とても人が作ったとは思えない」

アルフォンスの簡潔《かんけつ》な褒《ほ》め言葉にレマックは照れる。

「ははは、昔のことだけどね」

「最近は作ってないんですか？」

レマックの表情が僅《わず》かに暗くなった。

「…君たち駅から歩いてきたんだろう？　トロッコとはすれ違ったかい？」

「いいえ」

レマックは、香草の入ったビンを手にしながら、窓から見える鉱山に視線を送る。そこからは鉱山の前の広場が見える。数人が石を注意深く観察しては、放り投げていた。

「…見ての通り、最近は列車に乗せられるような鉱物も商品も少なくてね。駅へのレールは錆びる一方だ。昔は、一日中鉱山を掘る音がしてたもんさ。町中に金細工職人がいて、それを買いに来る客も多くてね。活気があったよ」

寂しそうにそう言う。

「もう金は出ないんですか？」

「掘り尽くしたようでね。新しい金脈がかなり下にあるらしいが、それが見つかるより前に町を出て行く者も多いだろう。岩と土埃で野菜もろくろく作れないしね」

「そうだったんですか…」

重苦しい沈黙《ちんもく》が流れる。

レマックはそれに気づいて、明るく言い放つ。

「ま、細工の腕だけじゃなく、料理の腕も磨かなきゃいかんしな。忙しい毎日さ」

それを聞いて店にいた町の者も、続ける。

「レマックの料理が上達する頃には、金がまた出てくるさ」

「そうさ。金脈に辿り着く前に、マグワール様の研究が成功するかもしれん」

「そうだといいがなぁ」

「なに言ってんだ。もうちょっと辛抱《しんぼう》しようじゃないか。また目をみはらせるような作品を作りたいだろう」

皆が壁の図面を見上げながら話す言葉の一つを、エドワードは聞き逃さなかった。

「マグワールさん?」

「ああ、ここの金鉱の管理人だよ。ほら、あそこにでかいお屋敷があるだろう。あの家に住んでる」

山の手前に、高い塀《へい》が見えた。だが門らしき扉は堅く閉ざされ、中を窺《うかが》うことはできない。

「へえ。でっかい家ですね。金鉱の管理人ってのはよほど儲《もう》かるんだ」

「ここの金脈をまっさきに商業化した人だからね。だが、今は金の産出も少ない。苦しい状況は一緒だ。研究が成功すれば復興《ふっこう》もするさ」

「その研究って？」

何気ないふりをして聞いているが、エドワードはその返事に集中する。

「ああ、金を掘るだけでなく、無限に作り出せるものを研究している。『賢者《けんじゃ》の石』というらしい」

レマックが答えた。

エドワードとアルフォンスはさっと視線を合わせた。

二人の望むキーワードが出てきたのだ。勢い込んで問い詰《つ》めたいが警戒《けいかい》されるのは避《さ》けたい。二人ははやる気持ちを押さえて、レマックの話に耳を傾けた。

「…君たち子供には分からないかもしれないが…。錬金術《れんきんじゅつ》は知っているだろう？　その錬金術の研究を進めるとそんな『石』ができるらしいんだ。相当な学が必要だから、詳《くわ》しい理論も完成するかも私たちには分からないがね」

「きっと成功するさ」

別のテーブルで話を聞いていた男が同意する。他の者も皆うなずいている。全員が、その研究に期待をしているのだ。

だが、皆の明るい声を遮《さえぎ》るように、端の席から低い小さな声が聞こえた。

「…無理じゃないか?」

皆は一様にそちらに顔を向ける。

誰だろう、となんとなく振り返ったエドワードたちと違い、他の者はきつい表情を浮かべて睨《にら》んでいた。

テーブルでスープを飲んでいるのは、レマックと同じかそれ以上の歳に見える、がっちりとした体格の男だった。ごつごつした手がスプーンを置く。店内に向けた顔はよく日焼けしていた。

「…『賢者の石』だかの研究をしてもうどれくらいになる? 何人もの錬金術師を雇って研究室にこもっている間に、町は荒れていく一方だ。それなのにまだ金に執着《しゅうちゃく》し続けるのか」

低く響くその声に、何人かが語気荒く立ち上がった。

「俺たちは誰にも負けない金細工を作ってきたんだぞ。ゼノタイムの金装飾品と言えば、誰だって感嘆の声を上げる。その腕を簡単に他のことに使えるものか!」

「そうだ! 新たな金脈の目星はついてるんだ。研究室には優秀な錬金術師を迎《むか》えている。できないはずはない! ベルシオ、お前は金細工の腕だって大したことなかったから簡単に諦《あきら》められるのかもしれないがな、オレたちは違うんだ!」

ベルシオ、と呼ばれた男はゆっくりと立ち上がると、怒気を含んだ空気の中で一人静かに言葉を紡《つむ》いだ。

「金脈を探すのはいい。だが、実際は、ひたすら岩を削って放り投げてるだけだ。研究だってできるならやればいい。だが、無いお金《かね》をはたいてまで協力する義理はない」

そう言うと、食事代を置いて出て行ってしまう。残された者たちは怒り心頭《しんとう》と言った体で、口々にベルシオの言葉に反論し出した。

「苦しい状況なのは、町中一緒なんだ！　だからこそ皆でマグワール様の研究資金を出し合ってるのに、ベルシオの奴ときたら……！」

「今までだって多くの錬金術師に協力して貰ったし、きっと金を生む『石』はできる。そうしたらまた皆で細工の腕を競える！」

「…だが、そろそろ違う道も考えないと…」

「なんだって？　その腕を捨てるのか？」

「捨てたくはない。だか、息子の具合が悪いし、違う仕事を探して引っ越そうとも考えてるんだ。ここにいても仕事はないし」

「だからそのために…っ」

「まあまあ」

暗い雰囲気に皆が飲まれる前に、手を叩いたのはレマックだった。

「今ここで議論しても始まらん。できることをやっておこうじゃないか。ノリス、金脈を見る専門の先生は探したのか？　それにそろそろ坑道に戻らないと。デルフィーノは細工の仕事を一件受注しているんだよな？」

レマックは店内の皆に声をかけて、励《はげ》ますように彼らの背中を叩く。最後に言われたデルフィーノという男は、ベルシオに一番きつく当たっていたが、不服そうにしながらも立ち上がる。

「そうだ、君たち」

レマックがエドワードを振り返る。

「デルフィーノは町一番の腕を持っているんだ。小さくて安い商品も扱ってるから見に行ったらいい。他に見せられるようなものはないしね」

「ありがとう。…でも今は、マグワールさんとこの研究室が見たいな」

真剣に言ったのだが、途端《とたん》、レマックは笑い出す。出て行こうとしていた皆も戸口でおかしそうに笑っていた。

「ははは。娘とあまり変わらなそうな歳なのに、あんな小難しい錬金術の方に興味があるとはね！」

レマックはエドワードの頭をぐりぐりと撫《な》でる。レマックから見れば、エドワードはただの小さな少年だ。

この町の住人にとって、錬金術は希望でありながら、難しく高度な学問なのだ。

「あそこは出入り禁止なのさ。我々も研究室には入れない」

誰かが続ける。

「錬金術に興味がある子供なんてはじめてだ。あ、もしやお父さんの影響《えいきょう》かい？」

お父さん、を、町の者が一斉に見る。その視線の中心には、青銅の鎧。

「……はい？」

事態を飲み込めず、聞き返したアルフォンスの横で、エドワードは、これは初めての説だな、と感心していた。

「…ちょっと、ひどいよ」

アルフォンスは兄を睨む。

「悪い悪い。だって、お父さんに間違われたのは初めてだからさ」

大きな鎧姿と少年、という組み合わせは、今までも他人に色々な間違った想像をさせてきた。兄と弟が逆に思われることはもはや当然で、兄弟だと名乗らなければ、さらに想像は突飛《とっぴ》なものになる。大道芸人、闇《やみ》の仕事を請《う》け負う伝説のコンビ、どこかのご子息と護《ご》衛人《えいにん》。数々の肩書きを貰ってきたが、父親と息子説は意外に初めてな二人であった。

「…違うのかい？」

笑うエドワードと困った様子のアルフォンスに、町の者が聞いてくる。

「違うよ、オレたちは兄弟だ」

エドワードははっきりと言う。そして、毎度のように見てきた反応をまた眺《なが》めることになる。

「兄弟!?」

「本当に!?」

一同は皆驚いて二人を見比べている。

「本当ですよ」

アルフォンスが答える。

「これでも結構似てるんですよ」

「へえぇ。言われれば、声の感じが若いものなぁ」

「こりゃ失礼したね」

「いえいえ」

アルフォンスは、謝る皆に手を振る。

「よく間違われるので気にしてません」

「いやいや、お父さんなんて言って悪かったね」

一人が、謝罪《しゃざい》と友好を込めて、アルフォンスの肩を叩こうと手を伸ばす。

「お兄さん」

ポン。

――しばしの沈黙が流れた。

「…オレが兄だ!!」

数秒後にエドワードが大声で宣言すると、今度こそ一同は驚愕《きょうがく》したのであった。

いつものこととは言え、怒りで震えるエドワードと、同情しつつも仕方ないと傍観《ぼうかん》するアルフォンス。兄弟の旅人を親子と間違えた上、どちらが兄であるのかということまで間違えてしまい、申し訳ないと思いつつもミスマッチに驚く町人たち。

そんな微妙《びみょう》な空気の流れる店に、突然明るい声が響き渡った。

「ただいま、パパ！」

「ああ、おかえり、エリサ」

レマックが両手を広げると、そこに少女が飛び込んできた。

「娘のエリサだ。エリサ、お客さんに挨拶を」

少女が振り向く。

「こんにちは」

手を振ったエドワードを、エリサは大きな目で見つめると叫んだ。

「あ、錬金術師のお兄ちゃん！」

その一言は、町の者を驚愕させた。

「なんだって、エリサ?」

一同の前で、エリサは目を輝かせて言う。

「さっきトロッコの塔を倒したあと、このお兄ちゃんが錬金術で直したの見たよ！　パアって光って綺麗だった」

レマックはエドワードを見る。

「…君は…錬金術師なのかい?」

こんな子供が、と視線が語っていた。

「…まあね」

隠すことでもないので、エドワードは認める。

「だから研究室に興味があったのかい?」

「そういうこと。まあ、こんな子供が錬金術師だなんて信じにくいだろうけど」

必ず言われる言葉を先に言う。大抵の大人は信じないからだ。だが、町の者は信じない、とは誰も言わなかった。代わりに手をギュッと握《にぎ》られる。

「そうか、錬金術師なんだな！　ではぜひマグワール様の研究所へ行ってみないか?」

「え?」

「『賢者の石』を作るのに、少しでも協力して欲しいんだ。『石』の作り方が分からなければすぐにやめてかまわない。でも万が一有効なヒントが得られるかもしれないし、一度見に行ってくれないか」

皆はエドワードの手を次々にギュッギュッと握る。

「こんな若い時分で錬金術ができるんだ。いいひらめきがあるかもしれない。ぜひ行ってやってくれ」

「そうだ、頼むよ」

盛り上がる皆は、すっかりエドワードに対して友好的かつ尊敬《そんけい》の態度を持って願い出る。

「…どうする、アル?」

「その施設《しせつ》、見れるなら見たいよね」

二人の旅の目的『賢者の石』について研究しているところなら、なんとしてでも見たいのが本音だ。公開しないのなら、忍び込むしかないと考えていたところである。それが頼《たの》まれて堂々と行けるのならそれにこしたことはない。

「分かりました。行きましょう」

エドワードのやる気に満ちた眼差しに希望を感じ取ったのか、皆は笑顔で盛り上がる。

「若い者の想像力がきっと『石』を作るのにいいヒントを与えてくれるに違いない」

「最近じゃ若い錬金術師が多いのかねぇ。研究室にもいるんだよ」

「へぇえ」

エドワードほど若い錬金術師など滅多にいるものではない。ちょっとだけ興味が沸《わ》いて聞いてみる。

「その人って、どれくらいの歳なんですか？」

「そうだなぁ…。君はいくつなんだい？」

「オレ、十五歳。こっちのアルフォンスは十四歳だよ」

「ええ!?」

驚く一同は、エドワードの頭のてっぺんを見、足先を見る。言いたいことは一つだろう。

その様子を見ながら、兄を怒らせるあの言葉を町の者が言わないよう、アルフォンスは祈った。それが通じたのか町の人はその言葉を言わず、ただ素直に感心していた。

「十五歳かあ…。もっと若く見えたけど」

「ま、でもこれくらいの歳でも錬金術師はいるところにはいるもんだね。研究室にいる人も同じくらいの歳だったと思うよ」

それにはエドワードがちょっとびっくりした。

「同じ歳、ねぇ」

「ああ、そうだ。まだ名前を聞いていなかったね」

レマックがコーヒーのおかわりを注ぎながら聞いてくる。それを受け取りながらエドワードは答えた。

「ああ、オレはエルリック。エドワード・エルリックだ。こっちはアルフォンス・エルリック…」

そこまで言った時だった。空気が一変した。

「…なんだって？」

錬金術を知っている者なら、その名前を耳にしたこともあるかもしれない。エドワードにとって、有名な国家錬金術師エルリック兄弟を名乗って驚かれるのは当たり前のことだった。だから、気にせずもう一度言う。

「エドワード・エルリックだよ」

だが、驚きの声は聞こえなかった。代わりに耳にしたのは弾けるような笑い声。

「わははははっ！」

皆は思い切り笑う。

「エドワード・エルリックだって？　エドワード様の名を騙《かた》るとはなぁ」

「坊主たち、嘘《うそ》をつくにもそりゃあ背伸びしすぎだって」

「ぼ、坊主ぅ？」

「エドワード様は国家錬金術師だものな。君たちが憧《あこが》れるのも無理ないが嘘はいかんぞ」

エドワード様、と彼らは言った。まるで知り合いのように。

「は？　なに言って…」

「ああ、笑わせてもらったよ。で、本名は？」

「なに言ってるんですか？　ボクたちは本当に…」

「もういいって。本名はなんだい？」

誰も信じてくれなかった。訳《わけ》も分からず、何度もエルリックと名乗るだけだ。

だが、やがて町の者は呆れたような顔になり、そのうち言うことを聞かない子供を咎《とが》めるような目つきになった。

「君たちのような子供が、憧れの存在を真似る気持ちは分かる。だが、度が過ぎるぞ。これが大人なら即刻殴《なぐ》るんだが」

レマックの傍で、エリサも悲しそうに二人を見ていた。

「…なに言ってんだよ」

「改心して、ちゃんと名前を名乗る気になったら、また来なさい」

アルフォンスとエドワードは背中を押され、店の外に追いやられる。追って投げられるトランク。

「なんだよ、ちゃんと名乗るもなにもオレはエドワード・エルリックだ！」

「ボクだってアルフォンス・エルリックですよ」

だが二人の主張は無視された。町の者は本当に信じてないのだ。誰かが言った。

「そんな不釣り合いな兄弟ってのがそもそもおかしかったんだ」

「なんだと!?」

その一言が、エドワードを怒らせた。

「ふざけんな!! オレたちは嘘なんて言ってない！ オレはエドワードで、こっちはアルフォンス！ オレの弟だ！ 不釣り合いなわけないだろうっ」

今にも殴りかかりそうなエドワードをアルフォンスは押さえる。

「兄さん！」

「アル、止めんなっ」

「待ってってば。…皆さん、誤解《ごかい》があるようですが、ボクたちは本当にエルリック兄弟なんです。信じにくいかもしれないけど、本当です」

ちゃんと話そうと努めるアルフォンスの腕を、エドワードは摑《つか》む。

「行くぞ、アル！ こんな失礼な奴らとは顔も合わせたくない」

「兄さん！」

「嘘でもないことを頭ごなしに否定されてムカつく！ こっちは勝手にやらせてもらう。研究室だって行きたきゃ行くさ」

「なんだ、研究室見たさに嘘をついたのか？ ちゃんと名乗れば…」

エドワードは振り向くと、町の者たちをぎっと睨んだ。

「ちゃんとした名前はもう名乗った。信じないのはそっちだろ！」

アルフォンスはトランクを手にする兄を見ながら、レマックにお金を差し出した。

「御飯代です。ご馳走様《ちそうさま》でした」

「…ああ。残念だよ」

レマックは言う。錬金術師への期待を裏切られたこと、素直そうな子供が嘘をつくこと。どちらにもがっかりしたに違いない。

「もっといい嘘なら良かったんだがな。エルリックを名乗るとはね。さあ、皆戻ろう」

レマックは皆を促《うなが》す。

「どうして嘘だなんて思うんです？」

その問いに、扉を閉める直前でレマックは振り返った。

「…エルリック兄弟は、すでに研究室にいるよ」

その言葉を残して、扉は静かに閉ざされた。


町はずれの枯れかかった木の下で、エドワードとアルフォンスは座り込んでいた。向かい合って、二人で首を傾《かし》げる。

「どういうことなんだろう？　兄さんとボクがすでにこの町にいるなんて」

「…錬金術師を集めた研究室。そこに潜《もぐ》り込むためにオレたちの名を騙《かた》った奴がいるんだ」

エドワードは地面に落ちていた棒きれを拾いながらそう言った。

「国家錬金術師なんて権威《けんい》ある称号のわりに、顔形が知られてるわけじゃない。錬金術の研究室に入り込むために、この偽名《ぎめい》が丁度良かったんじゃないか」

エドワードは棒で地面に何やら描きながら考え込んでいる。

アルフォンスは兄の手元を覗《のぞ》き込む。そこには『賢者の石』にまつわる話が箇条書きされていた。

赤い輝き。硬い。無限の錬成。その他。

秩序無く並べられた単語は、すべて旅の間に得た情報だ。だが、いまだ本物にはお目にかかれていない。

アルフォンスにはエドワードの考えていることがよく分かっていた。

「…兄さん、マグワールさんの研究室に忍び込むつもりだね？」

エドワードは自分で描いた『賢者の石』の想像図を見つめている。

「ずっと、探してたんだ」

小さい声。だが、揺るぎない声。

「…絶対に元の身体に戻るんだ」

今はまだ、想像上の物でしかない『賢者の石』。

「必ず、本物を手に入れてやる」

描かれた『石』が、やがて風に吹かれて消えていくのを見ながら、エドワードは、自分を突き動かす決意を口にすると立ち上がった。

「夜になったら、忍び込むぞ、アル」

「ボクたちの偽者はどうするの？」

「そんな奴、放っておけ」

エドワードは大したことないように言うと、マグワールの館の全貌《ぜんぼう》を見るのにいい場所はないかときょろきょろしだす。

国家錬金術師という肩書きも、『賢者の石』を手に入れるため、元の身体に戻るための手段にすぎない。肩書きを利用した偽者など、エドワードにとっては『石』の前ではどうでもいい存在になるのである。

「いいのかな、放っておいて」

「いいんだよ、悪いことしてるわけじゃなさそうだし。お、あっちの丘から見えるかも」

「偽名を使うってこと自体、悪いことのような気もするんだけどね…」

小高い丘を目指して歩いていた二人は、近づいて初めて、それが削り出された岩が積み重ねられて出来たものだと気づく。町の周りを囲むようにいたる所にある丘全てが、岩や土の山だった。

エドワードとアルフォンスが登った所からは町全体が見渡せた。一際大きな屋敷がマグワールの館だ。他の家々と違い、外側をぐるりと高い壁で覆《おお》って、館を守っている。

「入口は一つみたいだなあ。警備員も立ってるし、壁を越えるしかないな」

「反対側も壁だねぇ。有刺鉄線《ゆうしてっせん》が張ってあるところもある」

二人はしばらく目を凝《こ》らして館を観察していたが、やがて足元で石が崩れた音がして、視線を下げた。

石くずで出来た丘の麓《ふもと》に、一人の男がうずくまっていた。重そうな石を抱え、隣のトロッコに載せる。

二人はその男が、先ほどレマックの店で皆の反感を買っていた男だと気づいた。

エドワードが石くずの丘のてっぺんから声をかけた。

「ベルシオさん、だっけ？　なにしてんの？」

「見ての通りさ。岩をどけている」

ベルシオは、手を休ませずに答えた。一つの岩を持ち上げ、トロッコに載せる。

「それよりお前たち、そんなところにいると危ないぞ。いつ崩れるか分かったものじゃない」

ベルシオは顔も上げずに忠告しながら作業を続ける。忠告を素直に受け取って、二人は慎重に石の丘を降り、ベルシオの傍へと近寄った。

トロッコにはすでに石が半分ほど詰まっていた。

「この石、なにかに使うの？」

「あっちに溜《た》め池があるんだが、土が流れ込むからな。岩で周りを囲ってやってるのさ」

ベルシオの指した先に、丁寧に作られた石垣が見えた。

「…一人でやってるの？」

「ああ。あれを使うのは今のところ俺だけだ」

溜め池から伸びた一本の水路。その先に岩に囲まれた小さな畑があった。

「野菜が生ってる」

アルフォンスは、小さな赤い物に気づく。

「トマトですね。…ベルシオさんはもう細工はやらないんですか？」

「細工で食べていけないなら違う道を探すしかない。今は自給自足だが、いずれは売れるくらい野菜を作るさ。難しい選択かもしれんがね」

ベルシオはそこで初めて顔を上げる。

「昔は緑豊かな土地だったのだがね。水も澄《す》んでいたし、河だってあった。贅沢はできないが静かな暮らしだったよ。だが、この世界を見ろ。金鉱が発見されてすべてが変わったのさ。町の経営権を皆で買って管理するつもりだったのが、マグワールが一人で経営権を買い占めてしまってな、切り出した岩や土を自分の所有する土地ギリギリまで積み上げたりした。すると隣の畑がダメになり、生活できなくなる。その土地をマグワールが買い上

げてまた積み上げる。結局土地は全部ダメになってしまった。それに加えて金持《かねも》ちになった奴に合わせて、町の中で物価は高騰《こうとう》。結局皆鉱山で働いた。細工の技術は一流の細工職人を呼んで教えてもらったんだ。もともと真面目な連中だからね。メキメキ上達したよ」

ベルシオは懐かしそうに、だが苦い顔をして大地を見つめる。

「あっという間に荒れてしまったよ。ここを綺麗にしても、あっちの土山から土が飛んで来る。果樹園を再生しようにもできない。今は金も緑もなくなってしまったんだよ。それでも町の連中は目を覚まさない。『賢者の石』なんてもんに夢を賭《か》けているのさ」

エドワードは赤茶けた大地を見渡す。ここにはもう、緑も金もないのだ。

「『賢者の石』で金を作るつもりなんだね」

「ここにある石くれを金に変えられる奇跡の錬金術を行うためのものだそうだ。見当をつけた金脈に辿り着くまで時間がかかる。それまで食い繋《つな》ぐためにも、自分の経営のためにも、マグワールは必死になってるんだよ。そんな危なっかしい物に、皆も出資してるのさ」

「出来るかどうか分からないのに、よくお金《かね》を出せるね」

「研究室を立ち上げる時にいた錬金術師で優秀な奴がいたのさ。なんでも中央の研究機関で権威ある錬金術師の弟子だったらしい。実際、研究費集めのお披露目《ひろめ》をして金を錬成してみせたよ」

「なんだって!?」

一瞬身を乗り出すエドワードである。だが、ベルシオは手を振って否定する。

「いや、失敗だったんだ。一瞬だけ金色に輝いた石はボロボロに崩れたよ」

「……」

「それでも、皆に希望を与えるには充分だった。あと少しで完成する。そう言われて資金を出してるのさ。マグワールも同じだ。あのでかい屋敷と町の金鉱施設を売れと言ってきた商売敵《がたき》にも首を縦に振らなかった。あの黄金時代が忘れられないのさ」

「その錬金術師は、今どこに？」

その人から貴重な情報を聞けるかもしれない、と期待に胸が膨《ふく》らむ。中央の錬金術研究機関といえば相当の実力者が揃《そろ》っている機関だ。そこにいたのなら失敗作でもなんでも、手がかりを摑んでいるのでは、と思えた。だがベルシオは期待を裏切る。

「もういないよ。ある日失踪《しっそう》してしまった。マグワールの話じゃ『賢者の石』が完成しないことに責任を感じて辞《や》めてしまったらしい。ま、それ以前にマグワールのやり方が強引過ぎて嫌気がさしたんじゃないかと思うけどな」

「…そっか」

エドワードはがっかりする。

「そいつがいなくなって研究も頓挫《とんざ》した。そこで皆が諦《あきら》められれば良かったんだが、研究を引き継いだ者がいてね。それがまた凄い実力の持ち主だった。町に出てきては壊れた工具を直してくれたりもするし、町の人気者さ」

それが、偽者エドワード・エルリックらしい。

「…ところで、君たち、同じ名前なんだって？」

ベルシオがぼそりと言った。

「…あっちが偽者だよ」

エドワードは口を尖らせる。どうせ信じてもらえないのだ。だが、ベルシオは嘘つきとは言わなかった。

「…町の奴らもちょっと気が立ってんだ。普段は子供の言葉に怒るような奴らじゃないんだがな。宿屋に泊まりにくいなら、うちに泊まればいい」

「ベルシオさんは、ボクらのこと信じてくれるんですか？」

「いや、ただ、人にはそれぞれ事情があると思ってな。その責任を負うのは自分だ。俺は知らん」

その言葉は、エドワードたちを信じてるようでもあったし、嘘でも気にしないと言ってるようでもあって、二人はなんだか真実を言い張るタイミングを逃してしまった。

その頃、レマックの家では多くの町人が壊れた工具を抱《かか》えて列をなしていた。

「エドワード様、この工具、直りますかね？」

「うちの機械も見てやってください」

「エドワード様」

その輪の中心に、金髪の少年がいた。

「大丈夫。ちゃんと順番に見るから、安心してください」

割れたつるはしを机に置き手をかざし、パアッと光が散ると、つるはしは元通りに直っている。

「ありがとうございます！　エドワード様」

「気をつけて仕事してくださいね」

エドワード様、と呼ばれた少年はにっこり笑ってつるはしを手渡した。

この少年が、自称エドワード・エルリックであった。

さらさらとした金髪は適度な長さで切られ、その下にある透明に近いブルーの瞳は、角度によっては銀色に煌《きらめ》いた。十代であることは確かだが、人当たりの良さとすらりとした体格が彼を大人びて見せている。多くの人に囲まれても物怖《ものお》じしない態度と、社交性溢《あふ》れた会話。次々と錬金術で工具を直す姿に、町の者は尊敬の眼差しを向ける。

若干十二歳で国家錬金術師の資格を取った天才錬金術師、エドワード・エルリック。今ここにいる、親密とカリスマを備えた彼は、町の者が想像するエドワード・エルリックそのものであった。

輪の後ろの方でも、壊れた鑿《のみ》を見ている少年がいた。偽エドワードよりずっと小さな身体だが、容姿はとても似ている。同じ金髪銀目に、短く切った髪。

こちらが自称アルフォンスであった。

「ああ、これは曲がってしまったんですね。すぐ順番が回ってきますから、もう少し待っていてください」

アルフォンスが、混み合っている輪を見ながら申し訳なさそうに言うと、鑿の持ち主はにこにこと笑った。

「いえいえ、いくらでも待ちますよ。これも何度も直してもらってるんです。今掘ってるところがね、硬い岩盤ですぐに壊れちまうんですよ」

「そうですか…。僕もお役に立てればいいのですけど、なにもできなくて…」

活躍する兄を見ながら、アルフォンスは鑿を返す。

「なにを仰るんです。アルフォンス様はエドワード様のお手伝いをなさってるじゃないですか。それとも、錬金術が使えないことをお気にされているのですか?」

うつむいたアルフォンスを町の者が励まそうとした時、兄が声をかけた。

「アルフォンス、お前は触るんじゃない。怪我《けが》するから」

優しく言われたのにも関わらず、アルフォンスはびくりとして、振り返る。

「それをこっちに持っておいで」

「う、うん…」

渡された鑿は、あっという間に直った。エドワードは歪みがないか指先で丁寧に確認し、持ち主に返した。

「すいません、採掘で忙しいのに待たせてしまって。研究の方もなかなか進まないし、申し訳ないです」

「そんな…。懸命《けんめい》にやってくださってるじゃないですか。研究の合間にこうしてわしらの工具も直してくださる」

「『石』ができてない今、できることはこれだけですから。さあ、次の方」

次々と直すエドワードの横で、デルフィーノが小さな袋を差し出した。

「エドワード様、皆で集めたものです。少ないですが、研究費の足しにしてください」

そっと置かれた袋の中で、チャリンと硬貨が鳴った。

「…皆さんだって大変でしょうに」

そうすまなさそうに言うエドワードの前で、デルフィーノは慌《あわ》てて手を振る。

「そんなこと気にしないでください。エドワード様こそ、町のために研究してくださってる。私らにできるのは援助《えんじょ》くらいしか」

「…ありがとう。マグワール殿にもよく伝えておくよ。きっと『石』を作って皆さんに何倍にもして返します」

エドワードは、袋をしまう。

「研究も、もう少しです。頑張りますよ」

「エドワード様も、アルフォンス様も、無理はされないように」

「ああ、ありがとう」

「頑張ってくださいね」

差し出された大勢の町の人たちの手を握り返して、エドワードは力強くうなずく。

その姿を見ながら、デルフィーノがレマックにささやいた。

「本当にエドワード様たちは素晴らしい方だ。あれじゃあ、旅の坊主が憧れて名前を借りたくなるのも無理はないな」

「そうだな」

その会話は、エドワードの耳にも届いた。

レマックとデルフィーノは、思い出したのか、笑いながら答える。

「なんの話ですか?」

「いえ、大したことではないんです。今日、旅の二人連れがここを訪れたんですが、名前を聞いたら、エドワード・エルリックだと言うんですよ」

「二人連れ？」

「はい。でも、エドワードを名乗った方は、エドワード様よりずっと子供っぽかったし、アルフォンスを名乗った方は、でっかい鎧を着込んでましてね。とても兄弟には見えないし、ましてやエドワード様方兄弟を名乗るなんてね。それだけお二方に憧れる子供がいるってことでしょうなぁ」

レマックもデルフィーノも笑っていたが、エドワードの顔には僅《わず》かに緊張が走っていた。

「…その二人、錬金術を使うのですか？」

「エリサは見たと言い張ってますが、どうでしょうね。見間違いかもしれませんし」

レマックは抱き上げていたエリサを見た。エリサはほっぺたを膨《ふく》らませて主張する。

「本当だもんっ。エドワード様がエリサを助けてくれた時みたいに、光が広がったもん」

言い張る娘をあやしながら、レマックは苦笑する。

「二人とも、どうやら錬金術に興味があるようでしてね。マグワール様の研究室を見学したかったらしいです。ま、諦めて出て行きましたがね。憧れた人になってみたかったんでしょうな。可愛いもんです」

「…そうですか」

「まだその辺りにいると思いますが。ちゃんとした名前を言う気になったらおいで、と言ったんですけどね」

だが、エドワードは顎に手を当てて、考え込んでいる。不審に思ってデルフィーノが顔を覗き込む。

「…どうしました？」

「…いや」

エドワードはいつもの笑みを形作る。

「そんなに憧れられるとは光栄だな、と思ったんですよ」

「ははは」

「さて、と。そろそろ研究室へ戻りますね。その二人を見かけても、そんな嘘には耳を貸さないでくださいよ」

さりげなく釘《くぎ》をさしたエドワードの後ろで、アルフォンスは不安そうに兄を見つめていた。

マグワールの屋敷に向って歩きながら、アルフォンスは兄の背中に切り出した。

「…兄さん、まずいんじゃないの？」

「なにがだ？」

エドワードは、すれ違う人ににこやかに手を振りながら、答える。

「…だって…」

言いよどむ弟を、兄は振り返った。

「…偽者は僕たちだ、と言いたいんだろ」

「…」

兄は弟の肩を摑むと、しっかりしろと言わんばかりに揺さぶった。

「いいか。俺たちの目的はなんだ？」

「『賢者の石』を完成させて町を助けること」

「そうだ。サンプルは出来たんだ」

胸のポケットを叩く。

「あと少しのところに来ている。今更辞《や》められるか」

「でも…」

「俺たちが本物のエルリック兄弟だと、誰も疑ってない」

「…でも、マグワールさんに知られたら、きっと調査される。ヘタしたら裁判《さいばん》にかけられるんだよ」

「そうだな。だから、本物とマグワールが会うのだけは避《さ》けなくちゃな。彼らの目的がなにかは分からないが、『石』、もしくは俺たちを探すだろう。つまり、研究室に入ろうとするさ」

「どうするの？」

「もちろん」

兄は自分の胸を押さえる。

「これを使って、戦うさ」


日付が変わった夜、零時《れい》。

レマックの店で飲んでいた者たちも家に帰り、それぞれの家の灯りが消えていく。

やがて皆が寝静まった頃、影が町を横切った。

「アル！　こっちだ」

壁に張り付いたエドワードが小声で呼ぶ。道を挟んで反対側からアルフォンスが走ってきた。

二人は塀に背をつけるようにして、座り込む。

「どうだった？」

「やっぱり正面の入口はダメみたいだよ。門番が三人もいる」

「そうか。オレが見たところ、他に入口はない。やっぱ乗り越えるしかないな」

二人は塀を見上げる。月明かりに照らされた塀は、約三メートル。エドワードはさっと通りに出ると、塀へと向き直る。その下でアルフォンスが組んだ両手を差し出していた。

ためらいなく全力で走り出し、組まれた手に片足を載せ、飛び上がる。同時にアルフォンスが両手を跳ね上げた。宙高く飛ぶエドワード。

ぴったりと息が合ったそのやり方は、二人が幾度も使ってきた得意技でもある。もっともこれを使う時は大抵、今回と同様に誰かの家に忍び込むだの、どこかの施設を覗くだの、褒《ほ》められたことには使われない。だが、それが得意技となってしまっているあたりに、二人の旅の苦労が伺えるというものである。しかし、慣れたと言っても、荒技なので失敗することもある。今回も、エドワードは塀のふちギリギリに足を引っ掛けながら体勢を立て直していた。

「…アルっ、飛ばしすぎだって」

「ごめんごめん。兄さん夕食抜いてたもんね」

エドワードの降ろしたワイヤーに摑まりながら、アルフォンスは謝る。ここでストレートに体重が軽すぎると言わないあたりに、弟の優しさがある。

二人は塀の上でしばし敷地内の様子を窺ったあと、ワイヤーを使って地面に降り立ち、侵入を果たした。しばらくじっとしていたが、警備の者が来る気配はない。

「…よし、大丈夫みたいだな」

「うん」

二人は、ほうっと息をつくと、周りを見渡した。広い広い庭だった。高い塀に守られて、土埃が飛んで来ないためか、植えられたたくさんの木々も青々と茂っている。外とはえらい違いだ。葉の影の向こう側に大きな館が見えた。二人は慎重《しんちょう》に木の下をくぐり、進んでいく。しばらくすると木は途切れ、真ん中に三階建ての館が建っていた。

「研究室はどこだろう？」

「…普通の部屋を使ってるとは考えにくいんだよな…。薬品や火も扱うだろうし、温度管理も独立してできる場所…」

エドワードは館を見つめる。丁度横から見れる位置にいるので、館の全貌が摑みやすかった。四角い箱のような建物の正面側は吹き抜けのホールになっているらしく、窓の位置が高い。館の裏側には、均一に部屋が並んでいるのか、窓は一定の距離に定期的に作られていた。その館に飛び出るようにしてくっついている部屋を見つける。その部屋は、小さな窓が一つあるだけだった。

「…見つけた。あれだ」

エドワードは、アルフォンスに指し示す。

「あそこの部屋見ろよ。あとから建て増ししたんだ。結構大きいのに窓はあれだけだ。それに、あの煙突《えんとつ》。皆寝てるはずなのに、煙が出てる」

「本当だ」

「錬金術に昼夜問わずの実験は不可欠だからな。…さぁて、その成果がどの程度できてるか拝見させてもらおうか」

二人は反対側に回る。館と違い研究室の灯りは点ったままだ。

「まだ起きてる人がいるのかな」

「いや、実験中の物を一定温度に保つために、火が入っているだけかもしれない」

エドワードは後ろのアルフォンスを振り返った。

「…もし、誰かがいるならおびき出そう。アルは出てきた奴を別の場所に誘《さそ》い出してくれ」

「分かった」

二人は小声で打ち合わせをする。

「誰もいなかったら、鍵《かぎ》を開けるか壊すか、だね」

「そんで中に入ったらまず研究資料だ。いきなり実験中の物を見たってどの部分を精製してんのか分からないからな。資料を見た方が早い」

「『賢者の石』があったら?」

「完成してるとは思えないけど…あっても置いていこう。そんな大層な物を盗んで足がつくとヤバイ」

「資料を読んだだけじゃ、相手も証拠《しょうこ》がないから追ってこれないしね」

「材料と錬成方法さえ分かれば、オレたちで出来るんだ。町の人が望んでいる『石』を盗むのは後味悪いしな」

「了解」

喉《のど》から手が出るほど欲しい『石』だが、町の人のことを思えばできるはずもない。荒っぽいことをしたとしても、まわりを悲しませないようにするのが二人の共通の意識だ。

「パパっと走って」

と、エドワードが言う。

「扉を開けて」

と、アルフォンスが続ける。

「さっと入って」

「資料を見つけて」

「じゃかじゃか読む！」

「オッケー」

「…なるほど」

座り込んで顔を寄せ合う二人の頭上で、突然声がした。

その人物は、二人を上から覗き込み、腕組みをしてふむふむとうなずいている。

「うんうん。大胆かつ手際良いやり方だね。感心感心」

その存在に全く気づかなかった二人は、驚くと共に、侵入者に対して警戒《けいかい》も見せないその人物に呆気《あっけ》に取られた。その人物の後ろにはさらに小柄な少年が立っている。

ようやく立ち上がって、二人はその人物たちから距離を取って構えた。その様子を慌てるでもなく見ていた人物に、エドワードが低く問う。

「てめぇ、誰だ」

途端、プッと笑われた。

「侵入したのは君たちだろ。それを聞きたいのはこっちの方だよ」

エドワードたちを見ても驚かないところを見ると、相手は二人が来るのを予測していたのだろう。青みがかった銀色の瞳が、まっすぐにエドワードを見ていた。

町の人の言う、エドワードと同じ年の頃で研究所に入った少年。

「…お前が、オレの名を騙ってるんだな」

否定させないぞ、と問い詰めるように聞いたが、彼はあっさり肯定した。

「子供の身で研究所に入るのは難しくてさ。でかいネームバリューが必要だったんだ。おあつらえよく、若くして国家錬金術師になったエドワード・エルリックの名前があったってわけ。おかげですぐにここに入れたよ。日頃の君の努力のおかげだね。どうもありがとう」

「ありがとう、じゃねーよっ」

ご丁寧にお礼まで言われてエドワードは怒る。

「おかげでこっちが偽者扱い受けたんだ。すぐにでも改心して正しく名乗れよっ」

『賢者の石』が優先だから偽者は放っておけ、と言ったものの、直接顔を見れば腹が立つ。エドワードはすっかりムキになっていた。

だが、相手は飄々《ひょうひょう》と答えるだけだ。

「やだよ。まだ利用させてもらわなきゃ」

「なんだとぅ!?」

「しばらく偽者として頑張っててよ」

「ふざけんなっ」

怒るエドワードと対照的に、少年はのんびりしている。

「一応さ、こっちも国家錬金術師らしく振る舞って、君たちの評判落とさないようういい人演じて、気を遣ってんだよ？　ていうか、多分今の方が評判いいんじゃないの？」

「…っ」

あまりの言い様に、言葉も出ないエドワードである。

「だって、君の名を名乗った時、あの暴れん坊兄弟かい？　って町の人に言われたよ」

「それじゃまるで本物のオレたちが、らしくねーみたいじゃねーかっ」

「だから俺らがイメージ直してあげるから心配するなって」

「ムカつく―――っ！」

そのやり取りを後ろで見ていたアルフォンスが、半ば呆れて止めに入る。

「兄さん、いいようにあしらわれてるよ。落ち着いて」

同じ様に、偽者少年の後ろで小柄な少年が口を開く。

「兄さん、どうして人の神経を逆撫《さかな》ですることばかり言うの？」

互いの弟に諫《いさ》められ、兄たちは口をつぐんだ。確かに漫才《まんざい》のようなやり取りをしている状況ではない。

しばらく睨み合って、エドワードは当初の目的を思い出し上着を脱いだ。この偽者を倒さなければ『石』も資料も手に入らない。そしてなにより腹が立っていた。

「…オレが、エドワード・エルリックだ。弟はアルフォンス」

『が』を強調してエドワードは構えた。

「お前らを地面に這《は》いつくばらせて本名を聞きだしてやる」

対する偽者は、そのセリフにも動じない。

「別に本名くらい、そんな野蛮《やばん》なことしなくても教えるよ。俺は、ラッセル。弟はフレッチャーだよ」

あっさり告白する。

「…随分《ずいぶん》いい度胸だな。オレがマグワールや町の人に教えといてやるぜ」

「どうぞ。どうせ信用されないよ」

「なっ」

「だって俺の方が、絶対ポイもん」

その自信があるから平気で名乗ったらしい。

「んだとっ」

「品があって、優しさもあって、天才錬金術師に相応しい落ち着きまであって、カッコいい」

「カッコいい、は余計だっ。自分で言うな！」

「…う〜ん」

後ろで聞いていたアルフォンスは、思わず唸《うな》ってしまった。

確かにエドワードのイメージは決してエリートである国家錬金術師を彷彿《ほうふつ》とさせない。どちらが本物かと言われたら、偽者の方がらしいだろう。自覚があっても気にしてないエドワードだが、人に言われれば頭に来るのが人情だ。しかも、偽者が完璧に本物らしく振る舞っているのだから、余計に腹が立つらしい。

「一発殴らなきゃ気がすまないな。アルフォンス、研究資料はこいつをのしてからだ」

「…やっぱりね」

アルフォンスは数歩下がる。こうなっては邪魔《じゃま》にならないようにするのが一番だ。

「国家錬金術師を名乗るに相応しいか、確かめてやる！」

エドワードの両手が合わせられるように向き合った。が、そのまま錬成に入るかと見えたエドワードの身体は、半歩前に踏み出す。

なにを錬成するのかと手元を凝視《ぎょうし》したラッセルの耳元で、拳がブンと唸りを上げて掠《かす》っていった。間一髪でかわして距離を取ったラッセルにエドワードの笑みが向けられた。

「国家錬金術師ってのは、体力だって必要なんだ。まさか錬成だけで戦い抜けるなんて思ってないよな？」

日々、アルフォンスと組み手をやり、楽ではない旅を続けるうちに格闘《かくとう》センスも磨かれているエドワードである。一見細身のラッセルは、拳での勝負が得意には見えなかった。

だが、ラッセルは掠った音を消すように、軽く耳を撫でると、楽しそうに笑った。

「いいだろう。俺もなめられるのは嫌いでね。まずはこっちで勝負だ」

構える様子もなかった。いきなり顔面横に飛んできた足をエドワードは腕で防ぐ。予想以上に速く、そして重い蹴りだった。

「……っ」

エドワードは、痺《しび》れる腕を振り、ラッセルの足を勢いよく払い落とす。

初めの一発だけが強そうに見える奴は多くいる。ラッセルもその類《たぐい》だと確かになめていた。

体勢の崩れたラッセルの片腕をぐいと摑んで引き寄せ、空いた手を拳にして胸元に向って突き出す。ヒットすれば、ラッセルは呼吸を一瞬詰まらせる。その隙《すき》に、もう二、三発入れてフィニッシュ。

しかし、そう考えていたエドワードの予想は大きく外れた。

ラッセルは、引き寄せられた腕を即座に捻って自由にすると、拳を固めてエドワードの顔面を狙ってきた。同時に自分を狙うエドワードの拳をもう片方の掌で受け止める。ラッセルの拳を同じ様に受け止めたエドワードは、唇を噛みながら相手を睨んだ。

ラッセルの身体は、細身のわりに鍛えられているのが両手を通して伝わってくる。歳が近い少年が自分と互角に戦えるとは思っていなかった。

互いの手を握り合ったまま、至近距離で睨み合う。近くで見ると、ラッセルはエドワードより頭一つ分以上背が高かった。互いを狙っている拳を互いに防いで、二人は一歩も引かない。ギリギリと均衡《きんこう》する力の勝負の中、ラッセルが自分の拳を押さえているエドワードの右手をちらりと見た。そこから伝わる冷たい感触。

「……色々、苦労してんだね」

機械鎧《オートメイル》であると分かったらしい。足元にも視線を向けたところを見ると左足の機械鎧《オートメイル》にも気がついたようだ。

「まあな。そう言うあんたもこの身のこなし、ただぼんやり暮らしてきたんじゃないみたいだ」

「まあね」

じり、じり、と少しずつエドワードの拳が上に持ち上げられる。

対峙《たいじ》している二人は、互いにまっすぐ拳を向けているが、ラッセルのそれが顔面に向っているのに対して、エドワードの拳はラッセルの胸元である。それを上に持っていかれれば、身長の低いエドワードがつんのめるようになり、力の均衡は崩れる。

「……………っ」

ラッセルのやり方は派手ではないが場数慣れしているのは明白で、余裕さえ見えた。どうやら分が悪いらしい。睨み上げるエドワードの前で、ラッセルが微笑《びしょう》した。

「苦労してんのは、君だけじゃないってことさ」

「みたいだな」

悔《くや》しいながらも同意したのを合図に、二人は同時に手を離した。

「こっちで勝負させてもらう！」

エドワードは、宣告するとすぐに敷石に手を当てた。

「どうしても研究室を覗きたいんでな！　得意技でいかせて貰う」

手を当てた敷石《しきいし》の周りで空気が硬直《こうちょく》したように見えた。物質が分解され、再構築される。

見えない捻れが収まった時、エドワードの手に引っ張られるように、壁が立ち上がった。

自分の同じ高さほどの壁に、エドワードが手の平を叩きつけると、壁の反対側から円錐《えんすい》形の先端が飛び出した。それが壁から幾本も生まれ勢い良く伸びる。巨大に伸びる円錐の棒と反比例に壁は消失していく。まるで壁が生き物のように形を変え、円錐の硬い触手に変化したようだった。飛び出た塊は壁が完全に消えるとともにエドワードの叩きつけた掌の勢いそのままに、ラッセルに向って飛んで行く。

「行っけぇ!!」

伸びる塊を見送る。格闘センスのあるラッセルならよけるだろうが、それを見越して複数の塊《かたまり》を錬成したのだ。

「わ、凄い！　錬成陣もなしにそこまでできるなんて」

それを見ていたラッセルは素直に感動している。だが、驚きに目をみはりつつも、さほど慌てた様子はない。

「さすが国家錬金術師だなぁ」

そう言いながら、同じように敷石に手を当てる。

「え…」

驚いたのは、エドワードの方だった。

彼は、エドワードと寸分違わぬやり方で敷石から壁を立ち上げた。そこから飛び出した塊が、エドワードの錬成したものと激突し、互いに砕け散った。

数十秒間の戦いだった。だが、互いの力を知るには充分だった。

エドワードは、じっとラッセルを見つめる。

全く同じやり方。互角の力。それを錬成陣を使わずに行った。普通の錬金術師がやるには難しいことをやってのけたのだ。

ただの錬金術師じゃない。よほどの実力、それも天才錬金術師と言われたエドワードと互角の力を持っているのか、もしくは――。

値踏みするように見据えるエドワードの目の前で、ラッセルは不敵な笑みを浮かべていた。

「……まさか、持っているのか？」

疑問を小さく口にしたエドワードに答えるように、ラッセルの手が胸元のポケットに伸ばされた。指先がポケットに潜り込み、中を掻《か》き回すように探る。凝視するエドワードの前で、ラッセルの指がゆっくりと持ち上がった。親指と人差し指につまれるようにして、それは現れた。

紅《あか》い欠片。

小さく、いまにも壊れそうな透明な石。月の光を浴びて輝く、もの。

「『賢者の石』……」

探し続けた、伝説の石。制約を無視して錬成を行える、完全なる石。

「…完成していたのか」

「試作品さ」

「そのおかげで、そこまで戦えるってわけか」

ラッセルの高度な錬金術は、『石』が増幅させた力によるものだったのだ。

ラッセルは、エドワードをちらりと見る。

「試作品だけど…欲しい？」

「あたりまえだっ！」

エドワードは、即答する。それから得られる手がかりは莫大なものだ。

「だよね。でも、あーげない」

ラッセルは『石』をポケットにしまう。

「これさ、いくつか作ってみたけど、どれも使用限度が数回程度なんだよね。もっとちゃんと作んなきゃ金なんて錬成したら一回で壊れちゃうよ。そのためにも研究の続きをしなきゃ。だから、そろそろ帰ってよ」

「勝手な奴！」

「こっちとしてもさ、君たちがあまりにうろつくと、マグワールに疑い持たれるから困るんだよね」

「勝手に困ってろっ」

エドワードは吐き捨てる。それを見てラッセルは、溜息をついた。

「…仕方ないなぁ。じゃあ、追い出すまでだ」

言いながらラッセルが構える。エドワードも体勢を整えた。

「…『石』は貰うし、偽者だってことを皆の前で告白させてやるからな」

『石』はあげないし、本物以上に本物だってことを証明するさ」

二人の両手が同時に、先ほどの戦いで剝《は》がれた敷石を摑む。バチバチと錬成反応の光が飛び散る中、共に錬成したのは石の剣。

「てめえのその生意気な口から謝罪の言葉を引き出してやる！」

「じゃあ、俺は君のその眼に涙を浮かばせてあげるよ」

「フフン」

「フフ…」

次の瞬間、同時に飛び出した二人がぶつかり合った。

それを見ていたアルフォンスは、その隙に研究室へ行けるかと距離を測っていたが、どうにも難しそうだった。ラッセルが研究室を背に戦っているので、傍に行けば一発喰らいそうだ。上手く扉まで辿り着いても、今度はエドワードが攻撃しにくくなるだけだ。ここまで激しい戦いになると邪魔にならないようよけているのが得策《とくさく》だ。そう思うのはアルフォンスだけじゃなかったらしく、後ろ向きに下がったところで、フレッチャーにぶつかる。

「あ、すみません」

「あ、いえ…」

思わず謝ったアルフォンスに、フレッチャーも申し訳なさそうに場所を空けてくれた。

「どうぞ」

「どうも」

アルフォンス・エルリックを名乗っている少年は、かなり小柄だった。エドワードより小さい。すらりとして、頭の切れそうなラッセルと違って、フレッチャーは優しげな風貌《ふうぼう》で、弱々しい感じさえする。

アルフォンスの名を勝手に名乗っているのだから、この少年を今のうちに怒ることはできた。だが、心配そうに兄を見ているフレッチャーに、アルフォンスはきつく問いただすきっかけを逃してしまった。

フレッチャーも居心地が悪いだろう。怒られても仕方ないのに、アルフォンスが黙っているのだから。

その時、エドワードの錬成した棒が、ラッセルの肩にヒットした。

「あっ」

思わず声を上げたフレッチャーは、気が気でないようだ。

「…そんなに気になるなら助太刀《すけだち》すればいいのに」

アルフォンスは声をかける。

「もっとも、君のお兄さんは『石』を使ってるから、そうそう負けはしないだろうけど」

フレッチャーは、兄が肩を痛めたそぶりも見せず戦いを続けるのを確認してから、アルフォンスを見上げた。

「アルフォンスさんは行かないんですか？　錬金術使えるのでしょう？」

「少しね。兄さんほどじゃないよ。君は？」

兄のラッセルは錬金術の研究をしているのだ。少しくらいは錬金術を使えるだろう。その力を『石』で増幅《ぞうふく》させてエドワードと対等に戦っているのだ。そして、フレッチャーは、ラッセルの研究を手伝っている。ということは、少しくらいなら使えるのかもしれない。

だが、答えを聞くより先に、ラッセルの一撃が二人のいるところまで飛んできた。

「うわわっ」

アルフォンスはとっさにフレッチャーを抱えてよける。

「てめぇ、自分の弟にも怪我させるつもりかよっ」

エドワードがラッセルに怒鳴る。

「石を使うと加減が難しいだけだっ！　フレッチャー、大丈夫か!?」

本人も少々驚いたらしい。すぐにラッセルはフレッチャーを気遣った。

「だ、大丈夫だよ。アルフォンスさんが助けてくれたから。…ありがとう、アルフォンスさん」

「どういたしまして」

アルフォンスはフレッチャーを降ろすと、庭の惨状《さんじょう》に目をやる。

石を使い慣れていないのか、ラッセル側から伸びる攻撃の跡は凄まじい。それを避ける
エドワードは肩で息をしている。だが、反撃もしっかりしているらしく、ラッセルの足元もふらついていた。

アルフォンスは、一旦引いた方がいい、と判断をした。熱くなった兄たちがこれ以上戦えば、大怪我を負うことになりそうだった。

「兄さん、帰ろう！」

「ええっ!?」

それに合わせてフレッチャーも、兄の下へと走る。

「もういいでしょ、兄さん」

「なに言ってる」

どちらの兄も納得いかないようだ。だが、元来兄に比べて穏やかな弟が二人揃って止めたおかげか、戦いは終わりの雰囲気を漂わせはじめた。

「…兄さん、大怪我したら逃げられないよ。今夜は戻ろう」

「う〜〜〜〜〜〜〜〜…」

エドワードは、強引に上ってきた塀へと引っぱられて行く。一方ラッセルもフレッチャーに止められていた。

「マグワールさんに見られたら、僕たちが捕まるんだよ。今夜はこれ以上引き伸ばせない」

「……ちっ」

フレッチャーに手を引かれて歩き出すラッセルに、同じくアルフォンスに連れられるエドワードが叫んだ。

「あ、待てっ。てめえ、歳はいくつだっ。オレは十五歳だ！」

いきなりなにを言うのかと眉をしかめつつも、ラッセルは答えた。

「君と同じだよ」

「……っ」

「じゃあな。もう二度と来んなよ」

「待てよっ。嘘つくんじゃねぇって。年齢くらいちゃんと言え——っ！」

エドワードは必死だ。

「ちょっと、兄さん。早く帰ろうよ」

「いったいお前はいくつなんだあーっ」

喚《わめ》くエドワードを、アルフォンスはやっとの思いで外へと連れ出した。

「全く、熱くなって戦ってると思ったら、子供みたいに喚いたりして…」

二人は、町外れのベルシオの家に向かいながら、並んで歩く。研究室には入れなかったが、警備員は追いかけて来ないし、とりあえずは一安心だ。

だが、エドワードは前を睨んだまま、黙りこくっていた。

「…なあ、アルフォンス」

やがて口を開く。

「なに？」

「どう思う？」

兄が真面目に偽者や『石』のことを考えていたのかと思い、アルフォンスも真剣に答える。

「うーん、試作品の『石』を使ってるとは言え、結構凄かったよね。錬金術も詳《くわ》しそうだし…」

「そうじゃないっ」

エドワードがきっぱり首を振る。

「え？　じゃ、なに？」

「あいつの年齢だよ！　本当に同じ歳だと思うか？　だとしたら、なんで…」

「…どうしたの？」

兄の意図が摑めず、聞き返したアルフォンスの前でエドワードはギリっと歯を食い縛った。宙を睨む瞳が悔しそうに歪む。

「…あいつ、オレより背が高かった」

年齢を若く偽っているならいい。だが、もし本当に同年齢ならこの身長差はゆゆしき事態だ。

「…本当に十五歳なのか…？　だとしたらなんでこんなに身長差が…」

真剣に考えている兄に対して、やがてアルフォンスから疲労感いっぱいの返事が呟かれた。

「…牛乳、じゃないの？」


同時刻、ラッセルたちはマグワールに呼ばれて館のホールに立っていた。

町の暮らしは苦しいが、ここは決して貧しそうには見えない暮らしぶりだ。研究費を町から借りる必要はないのでは、とさえ思える。

金の錬成ができるようになっても、職人がいなければ、金細工の町として再び脚光《きゃっこう》を浴びることができない。金を精製し、それを高い技術で細工し、それが認められ、注文を受け、そのために金をまた造る。その時の利潤《りじゅん》は計り知れないものになる。

それを考えて、マグワールは町人にお金《かね》を借りているのだ。つまり、貸した金《かね》を返されるまで町の者が遠くに行くはずはない、と。

「賊《ぞく》は追い払ってくれたのか？　エドワード殿」

ホールの階段から、マグワールが現れた。いい物を食べているのだろう、少々肥満《ひまん》気味だ。

「大したことありませんでしたよ。研究室の中を覗きたかったようですが、尻尾を巻いて逃げて行きました。なによりマグワール殿がご無事で良かった」

「貴殿《きでん》が地下牢に隠《かく》れていろと言うので、その通りにしたのだがな。貴殿ほどの実力があるのなら、隠れる必要もなかったのではないのか？　国家錬金術師の戦い方、ワシとしても見ておきたかったものだ」

ラッセルは優雅《ゆうが》に一礼をした。

「自分は完璧ではありません。万が一ということもありますよ。マグワール殿に怪我でもされては困ります」

「わははは。ワシになにかあったら、自身の研究が続かない、からだろう？」

楽しそうなマグワールに、ラッセルは大胆不敵《だいたんふてき》な笑みを見せた。

「その通りです。錬金術師たる者、誰もが『賢者の石』を作り上げたいものなのですよ」

「だが、軍のくれる研究費で作るわけにはいかないのだったな」

「軍の手助けで作れば、成果も軍に持っていかれます。ならば軍に隠れて研究したいんですよ」

軍の決まりを平然と無視するラッセルを、マグワールは頼もしそうに見ていた。

「ふふ、安心せい。ワシの研究室で存分に研究すれば良い」

「ありがとうございます。完成した暁《あかつき》には、必ず『石』を貴方様に」

「期待しておるぞ。ではワシは寝る。近々研究の経過を見せて貰おう」

「はい。おやすみなさいませ」

マグワールが階段を登るのを見送ってから、ラッセルは踵《きびす》を返す。すでに口元の笑みはない。後ろにはフレッチャーが心配そうに控えていた。

「…そんな顔をするな」

館を出て、研究室に向かいながらラッセルは言った。

「ちゃんと上手くやっただろう。オドオドすれば怪しまれるぞ」

さきほどの大胆不敵な笑みとは違う、弟を心配させないように優しさを含んだ笑みを浮かべる。それでもフレッチャーの顔から不安は消えなかった。

「だって、本物の国家錬金術師が来たんだよ。いつまで隠しとおせるか…」

「だから、マグワールに会わせない様にしただろう。でも俺たちがムキになって彼らを追い回せばマグワールだって逆に疑うかもしれない。適当にあしらう程度がいいんだ。運良く、まだ俺たちが本物だと思われている。とっとと研究を進めなくちゃな」

「…ねえ、バレたらどうなるか分かってるの？　軍に属する人の名を騙って、町の人を騙してるんだよ。お金《かね》まで貰ってるんだよ？」

ラッセルは弟に向き直る。

「いいか、『賢者の石』を作るためには、整った設備とお金《かね》がいるんだ。今ここを離れるわけにはいかないいんだよ。あと少しで完成するかもしれないいんだ。それまで嘘をついてろ」

「その、あと少し、が進めないいんだよ。もうこれ以上は僕たちだけじゃ難しいって分かってるじゃないか！」

「そうだな。新しい知恵でも借りないと。だからもう少し辛抱しろ」

「兄さん！」

「町を元に戻すためなんだ」

ラッセルは自分に言い聞かせるように呟くと、研究室へと入っていった。

「僕は、嘘なんてつきたくないんだ…」

残されたフレッチャーの言葉は、誰にも届かなかった。

第二章

銀の瞳

次の日。

町外れのベルシオの家の軒下《のきした》で、エドワードは目を開けた。陽は大分高くなっており、寝起きの目には眩《まぶ》しいくらいだった。起き上がるとこめかみからさらさらと砂が落ちる。

「そんな所で寝るからだ。体中砂だらけだぞ」

軒先で、工具をいじっていたベルシオが声をかける。その隣《となり》ではアルフォンスがトロッコに油を注していた。

「おはよう、兄さん。ほっぺたも砂だらけだよ」

「う〰〰〰……」

唸《うな》りながら頬《ほほ》を擦《さす》るとざりざりと音がした。ついでに昨夜の戦いで傷ついた額《ひたい》が痛む。

「家の中で寝てもいいと言ったのに、言うことを聞かないからだ」

ベルシオは砂だらけのエドワードに苦笑した。

「だって、オレたちに優しくしたら、町の人になに言われるか分かんないだろ」

「さっき町へ行ったが、そうでもなかったがね」

「？」

「まあいい。弟さんが水を汲んできてくれたんだ。あっちに溜《た》めてあるから身体を洗って来い。特に目を念入りにな。ここじゃ砂で目をやられる奴が大勢いる」

「ありがとう。そうさせてもらうよ」

ぶっきらぼうだが、親切なベルシオの言葉に甘えて、エドワードは身体を拭《ふ》きに裏手に回る。

裏には大きなドラム缶があり、そこには水が溜まっていた。

「あー、そういえば腹減ったなぁ…」

目が覚めて来ると、途端《とたん》にお腹が空いてくる。レマックの所で調達したいが、追い返される可能性が高い。

「昨夜も食ってないんだよなぁ…」

エドワードはお腹を鳴らしながら身体を拭いていたが、ふと痛みを感じて手を止める。見ると、昨夜は気づかなかったそこかしこが青痣《あおあざ》となっていた。

「ちっくしょー…、あの野郎。思い切り殴《なぐ》りやがって…」

もちろん、同じだけ殴り返しているが、それで腹の虫が治まるわけはない。エドワードをムキにさせた言葉の数々も、わざと癇《かん》に障《さわ》るように言ったに違いない。相手の思うまま冷静さを欠いてしまった気がして、ますます腹の立つエドワードであった。同じ歳のくせに、自分より背が高いことに、また腹が立ったりする。

「…あいつ、絶対に年齢サバよんでるよな…」

悪態《あくたい》と言うより、そうあって欲しいという願いを口にしつつ、服を整える。

「…一年に五センチ…二十センチ差はあったから、四年…。となると十九歳…?」

自分は一年に五センチも定かでないのに希望的観測で計算をする。ラッセルの正しい年齢を当ててるつもりの計算だったが、いつのまにやら、すらりとしたカッコいい自分の姿を想像していて、なにやらうっとりしているエドワードである。

「十九歳のオレかぁ…」

いいねぇ、いいねぇ、と呟きながら表に回ると、アルフォンスがこちらを向いた。

「あ、兄さん。今ねぇ、……どうしたの？　顔が緩《ゆる》んでるけど？」

「え、いや。別に」

四年後のオレに期待してくれよっ！　などと親指を立てたところで、怪訝《けげん》な顔をされるのがオチなので、エドワードは顔を引き締めて誤魔化《ごまか》した。その視界で揺れるおさげ髪。

「あ、盗賊《とうぞく》のお兄ちゃん！」

エドワードと目が合って、そう叫んだのはエリサだった。

「あ、レマックさんの所の…」

「エリサだよっ」

彼女は昨日の騒《さわ》ぎなど忘れたかのように笑っている。

「エリサちゃん、今来たところなんだ。レマックさんが御飯食べにおいでって言ってくれてるんだって」

「それは嬉しいけど…。また嘘《うそ》つき呼ばわりされるのはヤダなぁ」

「お兄ちゃんたち、まだ言ってるの？」

エリサは幼いながらも、お姉さんぶって腰に手を当てる。

「いい？　嘘ついちゃダメなんだよ」

「本当なんだけどな」

「お兄ちゃんたちは錬金術の研究室に入りたくて仕方ないんだね。パパが笑ってたよ。子供でそんなことするなんて、よほど興味あるんだなって」

「ははは……」

エリサに違うと言っても無理なようだ。エドワードは苦笑した。

「まあ、いいや。腹は減ってるし、お言葉に甘えるよ」

「もう嘘ついちゃダメだからねっ」

エリサはそう釘《くぎ》を刺すと、離れた所のベルシオのもとへと走っていく。

「あれ、エリサちゃんは帰らないの？」

アルフォンスがその背中に声をかけるが、彼女は足も止めない。

「今日はベルシオおじちゃんのお手伝いするんだもん」

畑へと向かうエリサとベルシオを見送って、二人は町へと歩き出した。

町の通りを歩いていると、すれ違う人たちが二人を見てクスクス笑っていた。「無謀《むぼう》にもほどがあるぜ。もうすんなよ」そんなことを言う者もいる。どうやら昨夜の一件は町中に知れ渡っているようだ。しかも悪者としてでなく、悪ガキ風に捉《とら》えられている。

途中、町の様子を見てくると言うアルフォンスと別れて、エドワードは一人、店へと向かった。

「…もしかして、オレら、笑い者？」

渋い顔のまま、レマックの店に入る。

「ああ、来たね。お腹空いたろう？」

迎えたレマックは、まったく…、という顔をしながら食事を用意してくれた。

「昨日、マグワール様の館に侵入したんだって？」

早速、そう言われる。

「ええ、まあ。よくご存知ですね」

「ははは。よっぽど研究所に入りたかったんだな、坊主たちは。名前偽《いつわ》ったり、侵入したり。なかなか行動力がある」

「はあ…」

ここまで誤解《ごかい》が進むと反論する気力もなくなるエドワードである。

「子供ながらに立派だが、せっかくのその勇気は違うことに向けなさい。錬金術を極めたいなら、国家錬金術師を目指せばいいんだよ。エドワード様のようにね」

「エドワード様、ねぇ」

自分はそんな風に呼ばれたことないなあ、とぼんやり思う。

「町の皆は、よっぽど『賢者の石』に憧れてんだな、と笑ってたよ」

「そうですねぇ…」

「ま、そんな後ろ向きのやり方はこれっきりにして、別のやり方を考えなさい。で、名前は…？」

本物だ、と叫ぶ気力はなかったが、嘘の名前を言う気もない。

「エドワード。弟はアルフォンス。本当だよ」

そう呟くと、レマックはしばらく思案《しあん》する。

「…本当なんだよ」

エドワードは、もう一度繰り返す。レマックはじっとエドワードを見ていたが、諦《あきら》めたように頭を掻《か》きながらコーヒーを淹《い》れてくれた。

「…まあ、たまたま一緒の名前ってこともあるしな」

レマックはエドワードの答えを否定するのを止めてくれた。

「だが、エドワード様と間違えやすいから、君はエド。弟はアルって呼ばせてもらうよ。いいかい？」

「いいよ」

「子供盗賊なんて、もう止めるんだぞ」

そんなことを言われ、心底がっくりするエドワードである。だが嘘つきと糾弾《きゅうだん》された昨日よりはマシである。気を取り直して、『石』の情報を集めることにする。

「…ここの人たちは、本当に『賢者の石』が出来ると思ってるの？」

レマックはコップを拭きながら肩をすくめる。

「信じなきゃやってられないこともあるんだよ」

「…」

その気持ちは痛いほど分かる。自分たちも、『石』があっても元の身体に戻れるか分からないのに、信じてる。

「…でもさ、ここの暮らしを続けるのは辛くない？」

「辛いさ。出て行く者もいる。だが、磨いた腕《うで》や技術をもう一度…と願ってる者も多いんだ」

「マグワールさんに出すお金《かね》があるなら、町を出て違う鉱山探せば？」

「そうもいかないのさ。あの人には世話になってる」

「でもさあ、ここの金鉱を買い占めたんでしょ？　おかげで緑もなくなったって…」

エドワードは疑問をぶつける。

「……」

「それは、マグワールさんのせいじゃないの？」

レマックは溜息《ためいき》をつくと、椅子に腰掛けた。

「そうじゃない。いや、そう言う者もいるだろうがね。少なくともマグワール様だけのせいじゃないんだ。確かに皆で山の経営権を買うつもりだったが、実際にはお金《かね》が足りなかったんだよ。かと言って土地を売ってお金《かね》を作るのも不安だった。けど、マグワール様は自分の財を売って買ったんだ。削《けず》り出した土で、隣地をダメにしたこともあったけど、実際町の暮らしは格段に良くなったんだよ。緑豊かな畑や果樹園をなくしたことは悔《く》やまれるけど、それを忘れるほどに豊かになったんだ。一人が豊かになれば、皆、我もと続く。細工の技術が短期間で驚異的に鍛錬《たんれん》されたのも、皆が必死になったからさ。その輝かしい時代が忘れられないんだよ。それですがってる。結局俺たちも金に目が眩《くら》んだのさ」

レマックはなにかを思い出すかのように目を細める。それが黄金時代なのか、それより昔の緑豊かな時代なのかエドワードには想像がつかない。分かるのは、今では町も町の人の気力も勢いが無いということだけだ。

「…あまり、前向きな考えじゃないね」

正直に言うと、レマックも同意した。

「皆、心のどこかで疑問を感じてるよ。でもマグワール様を筆頭《ひっとう》に、金の恩恵を味わった者ほど、もう一度栄光を取り戻したくなるのさ。他の生き方は考えられない」

「レマックさんもその一人なんだね」

「まあね。一度贅沢《ぜいたく》を知ってしまうと、エリサにも贅沢させたいんだよ。地方の療養所に入ってる妻も養わんと」

「奥さん？」

「この店のまずい料理で、ずっと営業してたわけないだろう？　仕事がないから俺が店にいるが、本当は妻が切り盛りしてたのさ。だが、ここの土埃《つちぼこり》に気管をやられてね。新しい仕事が見つからない今、ここでなんとかやりくりするしかないのさ。本末転倒《ほんまつてんとう》だがね」

レマックは、諦めたように言った。

過去の思い出にがんじからめになっている町。エドワードにはそう思えた。


その頃、アルフォンスは薬屋へと向かっていた。エドワードの痣に貼《は》る湿布薬《しっぷやく》を求めに来たのだ。町の人に、バカなことしたねぇ、と言われるものの敵意を持たれてないことにホッとする。

「ごめんくださーい」

薬屋の扉をくぐると、並んだ薬ビンの合間から年配の女性が出てきた。

「おや、話題の人だね。まったく呆《あき》れた子たちだ」

開口一番《かいこういちばん》そう言われる。

「はは…」

忍び込んだ事自体は褒《ほ》められたことではないので、呆れた、と言われても反論はできない。曖昧《あいまい》に流しながらアルフォンスは湿布薬を請《こ》う。

「打ち身に効くやつ欲しいんですけど」

「ああ、いいのがあるよ。調合してあげるからちょっと待ってなよ」

女主人は快く受けてくれる。

「その椅子にでもかけて…って、そのなりじゃ無理そうだね」

「いえ、お気遣いなく」

女主人が奥の部屋でいくつものビンを机に並べて調合するのを待ちながら、アルフォンスが一息ついた時だった。扉が再び開かれる。

「こんにちは」

入ってきたのは、フレッチャーだった。

「あ…」

すぐに入口付近のアルフォンスに気づき、顔が強張《こわば》る。身分を一方的に借りているのだし、なにしろ昨夜一戦交えた相手だ。女主人はフレッチャーにはまだ気づいていない。アルフォンスが「こいつ、偽者だよ」と言うのか、それともすでに言ってしまってるのか、と怯《おび》えているのがよく分かった。しばらくそわそわしていたフレッチャーは、やがて黙《だま》って店を出ようとした。

だが、その時女主人がこちらを振り向いた。

「あ、アルフォンス様。どうしました？」

穏《おだ》やかに尋ねてくるその声に、町の者を騙《だま》していたのかと詰め寄る様子はない。

「あ、あの…」

落ち着かないフレッチャーは、あまりにも脆《もろ》い存在に見えた。悪いことをしていると自覚しているのだから落ち着かなくて当然だ。

被害を被《こうむ》っているアルフォンスとしては、いくら申し訳《わけ》なさそうにしていても、ここで「自分が嘘ついてました」と告白しなければ、やっぱりずるいと思う。だが彼は、フレッチャーの怯えた様子にむしろ同情さえ覚えていた。

女主人だけが、なにも知らずにニコニコとしている。

「アルフォンス様、この人たちを悪く思わないで下さいね。もの凄《すご》くエドワード様に憧《あこが》れたあまりに名前を拝借《はいしゃく》しちゃったそうなんですよ」

どうやらフレッチャーの動揺《どうよう》を、偽者に対する不安と取り違えたらしい。

「今、町の者にお説教されて反省してるところなんですよ。アルフォンス様はなにかご入用ですか？」

フレッチャーは今にも泣きそうだった。アルフォンスと女主人の間で、どうしていいのか困っている様子が見て取れる。

「…あ、あの…薬を…。打ち身に効くのを頂きたくて…。兄が痣を作ったもので…」

消えそうな声でなんとかそう告げる。

「あら」

女主人は、アルフォンスを睨《にら》んだ。

「まさか君の欲しい薬は、昨夜エドワード様と一戦交えた時につけた怪我《けが》用なの？」

責めるように言いつつも手は調合を続けているので、売ってくれるつもりはあるのだろう。だが、尊敬《そんけい》するエドワードに怪我させた張本人に説教の一つもしたくなるらしい。

女主人がなにか言おうとする前に、フレッチャーが一歩前に出た。

「あのっ、違います！　兄の怪我はただ転んだだけで、この人は関係ないです」

「あらそうなんですか？　まあエドワード様があんな小さい子供に怪我をさせられることはないと思うけどね」

女主人はそう言いながら、ビンを一つアルフォンスに渡す。

「お待たせ。布に染み込ませて患部に当ててるといいよ。それと、もうバカな真似はするなと言っておきなさい。エドワード様は心が広いから許してくださるし、町の皆も仕方ないと苦笑で済ませてくれたんだからね」

「はあ」

女主人は次の薬を並べてフレッチャーに渡す。

「はい、こっちはエドワード様の分。湿布薬と飲み薬。お大事にと伝えて下さいね。ああ、お金はいいんですって」

「そうはいかないです。ありがとうございました」

お金を辞退《じたい》する女主人にきちんと全額《ぜんがく》払って、フレッチャーはアルフォンスと一緒に外に出た。

二人は扉を背にして少し歩く。数歩行ったところで、フレッチャーがぽつりと言った。

「…ごめんなさい」

それがあまりにも辛そうで、アルフォンスは立ち止まる。横に立つフレッチャーの肩が震《ふる》えていた。

「…謝るくらいなら、本当のこと言えばいいのに」

自分たちのためでなく、本人がこんなに辛い声を出すなら、そうした方がいいのにと思ってアルフォンスはそう言う。

フレッチャーは、もう一度謝った。

「ごめんなさい。貴方たちがここに来るとは思ってなかったんだ。町の人に怒られる羽目に会わせて、ごめんなさい…」

PHARMAC
OPEN

「まさか本人に会うとは思わなかった?」

フレッチャーは悲しそうにうなずく。

「…悪いことはするもんじゃないね」

「悪いことだって分かっててやってるのは、本当に悪いことだよ」

アルフォンスはハッキリ言う。

「うん…。ごめんなさい…」

アルフォンスは、昨夜と今の様子からフレッチャーが嘘に苦しんでいることが分かった。兄のラッセルはポーカーフェイスな上、エドワードをからかってばかりなので、それに誤魔化されて本心がよく見えない。だが、フレッチャーは違う。苦しくて辛くてたまらないと全身が語っていた。

「お兄さんとはちょっと意見が違うみたいだね」

「…」

それを指摘《してき》すると、フレッチャーは反論せず吐息《といき》する。その様子は、嘘をつくことに疲れているようだった。

「そんな声でボクに謝るくらいなら、お兄さんに意見すればいいのに。なにも言わないのは、卑怯《ひきょう》だと思うよ」

「そうだよね。でも…」

フレッチャーは、下を向いた。

「でも、僕が反対したら、誰が兄さんの味方なの？」

「……」

「…誰もいないんだ。味方なんていない。嘘をついてるんだから当然かもしれないけど、僕たちは二人きりなんだ。今、僕だけ辞《や》めたら、兄さんは一人きりになっちゃう」

「…一緒に辞めればいいのに」

その意見に、フレッチャーは首を振る。

「それで済むようなら、嘘をつく前に言ってる」

地面に、ぽたりと黒い点が出来た。茶色の大地に吸い込まれる、涙。

「一人で辞めることはできないよ。僕には兄さんについて行くことしか…」

フレッチャーが手の甲で涙を拭う。

「…僕、ダメだよね。一番迷惑をかけてる君にこんなこと言ったりして。どうかしてるのかも」

「苦しみながらずっと一人で考えてたら、どうにかなっちゃうよ」

お人良しだと自覚しながらも、アルフォンスはフレッチャーを元気づけたいと思ってしまっていた。

「…あのさ、ボクも弟だから君の気持ちが分からなくもないよ。兄さんについていくことで、弟としての愛情を見せるしかないって考えちゃうのも分かる。でも、それより大事なことがあるよ」

アルフォンスの口調は、優しい。

「君たち二人しかいないなら、どっちかが間違った時は、残った一人が止めるしかないんだよ？　もちろん殴ってでもね。今、君がやらなきゃ誰がやるの？　君じゃない誰かに止めてもらうってことは、その時はもう、お兄さんは取り返しがつかないことしちゃってるんだ。だからその前に止めなきゃ。他人にやらせちゃいけない」

「……」

「ボクはそう、思うんだけど」

正しいことを言ったつもりだが、ちょっと照れくさくなって最後は軽い口調で切り上げる。

フレッチャーはじっとうつむいていたが、やがて顔を上げた。

「…君とお兄さんは、すごく仲がいいんだね」

涙の跡《あと》がある顔はさっきより少しだけ元気なように見える。アルフォンスの言葉に対する返事がなくても、元気になれたのなら今はそれで充分だ。さっきまでは本当に倒れそうだったのだから。アルフォンスも明るめの口調に変えて話す。

「仲いいって言っても、ケンカしたこともあるよ」

「そうなんだ。僕は最近ケンカもしてないや。…うちの兄さんね、昨夜君のお兄さんにやられたこと、悔しくてマグワールさんに言ってないんだよ。クールに見えるけど本当は負けず嫌いなんだ。昔からケンカで怪我しても、研究で痛い目を見ても誰にも言わないで、いつも僕にこっそり薬を買ってこさせるんだよ」

「ああ、なんかそれ、分かるかも。うちの兄さんはクールじゃないけど、負けず嫌いだから、こんな傷大したことないって言い張ってるんだよ。だけど見えないところで顔をしかめてるんだよね。だからこうしてボクが薬を用意するんだよ」

二人は顔を合わせて、ほんの少しだけ笑った。

フレッチャーは、袋から紙に包まれた粉薬を一つ差し出す。

「これね、打ち身の時飲むといいんだって。湿布と併用するとよく効くよ」

そう言ってアルフォンスの手に載《の》せる。

「え、でも」

「等価交換《とうかこうかん》、だよ」

フレッチャーはそう言うと、踵《きびす》を返して行ってしまった。

「なに、それ？　名前を借りた代わりに薬をって意味で、等価交換？」

レマックの家の前で、粉薬の入った紙包みをひらひらと振りながらエドワードは聞き返した。

「そんなことすると中身零《こぼ》れるよ」

アルフォンスは、レマックに貰った布に薬ビンの口を当てながら注意した。

「それにそんな等価交換だと思ったら、ボクだって薬は突っ返したよ。でもそんな感じじゃなかったんだよねぇ」

「じゃ、なんだってんだよ」

「うう〜ん、よく分からないよ。そんな気がしただけ」

だが、その場にいないエドワードには分かりようもない。店の扉横に作りつけられたベンチで足をぶらぶらさせる。

「まったくアルもお人良しだなあ。薬屋の人の前で真実を告げればよかったのに。その弟も、一発殴って目を覚まさせた方がいいんだ。偽名を使って平気な顔するなんて」

ラッセルから貰った傷が疼《うず》くのか、短気なことを言う。だが、アルフォンスは肩をすくめる。

「いくら本物だって言ったところで信じてもらえないでしょ。あっちの方がポイんだから」

「あ、なに？　なにそれ？　それってオレよりラッセルの方が、落ち着いてて、頭良さそうで、カッコ良くて、背が……いってーっ！」

なにやらひがみっぽいエドワードの足に、アルフォンスはパチンと湿布を貼り付けた。

「彼らは彼らの事情があるんだろうけど、ボクらだってやることがあるんだから、そのことを考えようよ」

「そうだけどよ」

目的は、『賢者の石』とその資料、なのだ。

「まあ、都合良く盗賊の肩書きを貰ったしな…」

エドワードはぼそりと呟く。要は、もう一度侵入を試《こころ》みようということだ。

「なんにせよ、もうちょい情報が欲しいから、オレはもう少しここにいるよ」

「うん。とにかく打ち身は少しでも治しておいてよ。せっかく薬貰ったんだから、それも飲んで」

湿布を貼りまくりながらアルフォンスは促《うなが》すが、エドワードは疑わしそうだ。

「…これ、ホントに効くのかぁ？」

光に透かして、そんなことをぶつぶつ言っている。

「ボクはベルシオさんの手伝いに行くからね。親切にしてもらったんだから少しはお役に立たなきゃ。兄さん、早くそれ飲んどいてよ」

アルフォンスがてきぱきとビンを片付け、兄に念を押し、町はずれに行ってしまっても、エドワードはまだ包みをつまんでいた。

「…でもさあ…これ、痺《しび》れ薬とかじゃないの？」

まだそんなことを言っているエドワードである。

つまりは、薬嫌いなのであった。


午前中は少しだけ空気が澄《す》んでいる町も、夕方になると視界が濁《にご》っていく。点在する土砂の塊《かたまり》の先端から、煙のように土埃が流れるのを見ていたベルシオは、後ろのエリサとアルフォンスを振り返った。

「エリサ、アル。今日はここまでにしよう。風が強くなってきた」

「はーい」

小さな手に手袋をはめて、懸命《けんめい》に石をよけていたエリサが顔を上げる。アルフォンスは作りかけの石垣《いしがき》に補強のための板を立てる。

畑の水路を確保するための石垣は、完成までにはまだ時間がかかりそうだった。随分《ずいぶん》前に作ってあった場所も、風で飛ばされてきた小石に削られ、強度を失って行く。それを直しながら、溜め池とそこを繋《つな》ぐ水路、畑を石で囲っているのだ。土砂が吹き付ける中での作業は思っていたより辛い。だが、ベルシオはそれを一人で続けていた。

「完成すれば、もっと畑が広げられますね。緑が増えれば、少しは救われる気がする」

希望的観測でしかないが、アルフォンスは心からそう思っていた。

「エリサもそう思う！　きっと皆びっくりするよ。こんなに綺麗《きれい》な色があったんだって」

エリサも目を輝かせて同意する。

茶色しか見えないような世界に、ぽつんとある鮮《あざ》やかな緑。それが広がったらどんなに心が潤《うるお》うだろう。実際、荒れた大地しか知らないエリサは、ベルシオが育てている一本の木を見て感動したのか、時々ここに通ってきて手伝っているらしい。

「初めて見た時びっくりしちゃった。すごく綺麗な黄緑がわあって広がってるの。パパに言ったら、昔はここは緑だらけだったんだって」

「そっかあ、きっと綺麗だっただろうね」

アルフォンスは生まれ故郷《こきょう》を思い出す。小石と砂が多いながらも、少しは緑があったあの場所。だから、ゼノタイムの町にはとてもびっくりした。ここまで茶色の大地があるとは思わなかった。

「いつか町中が緑でいっぱいになるといいですね、ベルシオさん」

「ああ、俺もそう思ってる」

「頑張ろうね、ベルシオおじちゃん」

ベルシオとエリサは固く約束をする。

一人の男と小さな女の子だけでは、いつになるか分からないけど。

「さ、家まで送ってあげるよ」

「うん」

エリサはぴょんと立ち上がると野菜畑を嬉しそうに見る。

「ベルシオおじちゃん、今日もお野菜採れて良かったね」

「これ、すごい熟《う》れてますね」

脇《わき》の籠《かご》には、トマトが三つ入っていた。

「ああ、エリサがいつも手伝ってくれるからだよ。ありがとう」

「えへへー」

素直に喜ぶエリサを見て、ベルシオの仏頂面《ぶっちょうづら》にも笑みが浮かぶ。

「さあ、行こう」

「うん」

三人は籠を持ち、歩き出す。

町は、茶色の空気に埋もれ始めていた。

三人がレマックの家に着いた時、店の中には町の住人が集まっていた。奥のカウンターに寄りかかるようにして、エドワードとレマックがいる。

「ただいまー」

うなだれたまま、腕を組んでいたレマックが娘を見て頬を緩める。

「おかえり、エリサ」

エリサはいつものように父に抱《だ》きつこうとして、止まる。いつもなら店にいる者も挨拶《あいさつ》をしてくれるのに、今日は皆黙《だま》りこくっている。

「パパ、どうしたの？」

「ん…いや」

レマックは口ごもる。アルフォンスもエドワードに問い掛ける。

「どうしたの？」

「ああ、町の進退問題にさしかかってるんだってさ」

エドワードは皆を見つめたまま答えた。どうやら傍観《ぼうかん》するつもりらしく、自らコーヒーポットを傾《かたむ》けてカップに注いでいた。

「パパ、なにかあったの？」

皆を見回して不思議そうな顔をするエリサに、ベルシオが籠の中のトマトを手渡した。

「エリサ、これを洗ってきてくれるかい？　優しくそっと洗うんだよ」

「うん」

エリサは受け取ると、裏の井戸へと走って行く。

「…ありがとう。助かった」

レマックは小さくお礼を言った。

「いや。それよりどうしたんだ？」

ベルシオはレマックの隣に立って、黙りこくってる皆を見渡す。誰の顔にも苦悩が刻まれていた。一日やそこらでできた苦悩の跡ではない。ずっとずっとたまっていた疲れが表に出てきたようだった。町の者はすっかり疲れ果てていた。

レマックが辛そうに口を開く。

「……ノリスが、ここを出て行った」

ベルシオは驚いたようだ。

「本当か？」

「ああ。昼間に皆に告げて、もう引越して行った。…息子の具合が良くないらしい」

ノリスは、町でもなかなかの腕を持った細工職人だった。『賢者の石』の研究に賛成していてマグワールにも一番投資していた。だが、今年になって二歳の息子が、気管支をやられてずっと寝込んでいたのだ。

「そうか…。息子のためなら、仕方ないな…」

金細工での生活を諦めるべきと主張するベルシオと、『石』を期待するノリスは立場こそ違えど、長く付き合った仲間であることは確かだ。寂しさは拭えない。

「いい腕を持っていたのにな」

「ああ。マグワール様も残念がっていた。だが…」

レマックは苦しそうに、続ける。

「ノリスがいなくなると、研究費の援助額《えんじょがく》がぐっと減ると言われてしまってな」

「…ああ、そういうことか」

ベルシオは皆の苦悩を納得した。

マグワールは、ノリスの引越しを聞いた後やって来て、一番の援助金を出していたノリスの分が欠けては研究を続けるのが難しい、と告げたのだ。だが、皆の生活は充分苦しい。これ以上の援助は厳《きび》しいのだ。かといって、援助を止めれば、万が一『賢者の石』が出来た時の恩恵に与《あずか》れないどころか、今まで苦しい中から出資したお金《かね》もドブに流すようなものだ。

「…これ以上援助を続けても、本当に『賢者の石』が出来るとは限らない。思い切って止めたらどうだろうか」

誰かがぼそりと言うと、別の者が憤《いきどお》る。

「今までの援助はどうなるんだ！　俺は研究が成功すると信じるぞ」

「じゃあ、信じる者だけが援助したらどうだ？」

「待て！　そうしたら、分担する金額が膨《ふく》らむだけじゃないか」

「もう一度、皆で町を賑《にぎ》わせようと思わないのか？　俺たち以上の細工師なんてそうそういないぞ。その技術を誰にも伝えずに終わるのか」

「そんなことにすがりついて、この荒れた大地で暮らすのは大変なんだよ」

皆は口々に主張する。今までも時折起こったことだ。だが、今日は溜まりに溜まった不安や不満が限界に来ていたのだろう。それぞれの声は大きくなり、互いの意見を静聴《せいちょう》するような状態ではなくなっていた。

「マグワール様の言いなりになってるだけじゃないか！」

「あの時、経営権さえ手に入れていれば」

「だが、金に目が眩んだのはお前も一緒だろう」

「なんだと！」

立ち上がりかけた皆の間に、レマックが慌てて仲裁《ちゅうさい》に入る。

「落ち着いてくれ！　ケンカをしても溝が深まるばかりだろう」

「じゃあ、どうすればいいんだ」

レマックは黙り込む。金に賭《か》ける情熱も、別の道を探す必然性も、どちらもレマックには分かるからだ。

「なあ、エドとアルは見てきたんだろ？　どうだった？　『石』はあったのか？　研究は進んでいるのか？」

誰がが、そう言った。

一斉に視線の集中する先に、エドワードとアルフォンスがいる。

「えっと…その。ボクたち、結局追い返されたわけだし、なにも…」

アルフォンスは困り果てる。エドワードはゆっくりコーヒーをすすっているだけだ。

アルフォンスはその時初めて、兄の視線が店の中ではないところに向けられているのに気づいた。

窓の外に揺れる、黄金色。

「…エドワード様に、研究の進み具合を聞いてみようか…」

「だが、大事な錬金術の研究成果を教えてくれるだろうか…」

皆は頭を抱《かか》える。騙し騙しやってきたすべてのことに決着をつける時期がきているのだ。

そこへ戻ってきたエリサの声が明るく店に広がった。

「ねえ、見て見て。すっごく綺麗だよ」

その手には濡《ぬ》れたトマトが抱えられていた。みずみずしいトマトの鮮やかな赤色。

「金細工もとってもキラキラしてて綺麗だけど、トマトもすごく綺麗な色だね、パパ」

エリサはトマトを嬉しそうに皆に見せる。

「ねえ、これね。エリサの植えた苗からできたんだよー。皆見たことないかも、と思って、持ってきたの」

初めて見た時の感動を皆にもあげたくて。そう思ってるのかエリサはニコニコしている。

「これがいっぱいあればいいのにね、ってベルシオおじちゃんといっつもお話しながら育ててるんだよー」

「……」

「いつになったら、皆の家にトマトできるかな？」

迷いのない問いかけ。

誰も、なにも言えなかった。

沈黙《ちんもく》を破ったのは、エドワードだった。

「あははっ、子供の言葉ってのは、まっすぐで効くねぇ」

「……」

コーヒーカップを置いて、エリサのトマトを手に取る。

「いい色だ」

「ホントっ!?」

「ああ」

嬉しそうなエリサにトマトをそっと返す。

「だけど、町中にトマトができるのは、ちょっと時間かかるなぁ」

「兄さん」

そんなことを言うとエリサが悲しむと思い、アルフォンスが咎《とが》める。だが、エリサは笑った。

「時間かかってもいいよ。石をどけてね、そこに葉っぱができるんだよ。黄緑から緑に少しずつ色が変わるんだよ。毎日違う色だよ。石をどければできるんだもん」

石をどければいい。ただそれだけのことだとエリサは言った。実際には時間がかかるし、失敗するかもしれない。それでもエリサの言葉は皆の心に響いた。

「…そうだな。石をどければ…」

「ベルシオ、実際どうなんだ？　少しは昔のような緑を取り戻せそうなのか」

ベルシオは沈んだ顔のまま、答える。

「…簡単じゃあ、ない」

「……」

「何年もかかる。それでもやはりダメかもしれない。それに金細工で食ってたときのように贅沢できないしな」

「そうだよなぁ。やはり研究続けた方がいいんじゃないか？」

「金脈も掘り続けなくては」

「農業はいまさら無理かもなぁ」

迷い続ける皆に、エドワードは冷たく言い放った。

「いつまでも、そうやってしがみついてれば？」

全員が、エドワードを見た。だがエドワードは物怖《ものお》じしない。

「金の錬成は違法なんだ。知ってるのか？」

「…知ってるさ」

「バレたらどうするのさ。もともと金山だから多少の金を錬成してもバレないだろう、とでも思ってるんだろ？　またはその間に金脈が見つかると思ってんだ？」

「…それは…」

きつい物言いだった。皆が怒りを感じているのは明白だ。だが誰も言い返せなかった。

「いつ辿り着くか分からない金脈探してー、できるか分からない『石』に投資してー、健康じゃなくなってー、それでも別の道を探せないなんてね」

レマックが、黙る皆の代わりに静かに口を開く。

「エド、君は若い。なんでもできるだろう。だがな、俺たちはそうやり直しがきく歳じゃないんだ。新しい場所でやっていけるかも分からない。技術も残したい」

「んじゃ、ずっとこうしてれば？」

「そうもいかなくて迷っているんだ。どのやり方も納得できないと…」

そのレマックの言葉を、エドワードが遮《さえぎ》った。

「納得できないのは、自分たちで選んだ道じゃないからじゃないの？」

「……」

「請われて渡す研究費がちゃんと実績《じっせき》に繋がってるか、いつ倍になって返って来るか。結局それに縛《しば》られて、なにもできない」

「君には分からないんだ。これから最高の未来を得るだろう君と、過去に最高の時間を得た俺たちでは素晴らしいと思う基準が違うんだよ」

「…そうかもな」

イライラしたようにエドワードは立ち上がった。扉を開け、出て行く直前に皆を振り返る。

「でもオレ、他力本願《たりきほんがん》な奴って大嫌いだからさ」

それだけ言って扉を閉め、店を出たエドワードは横を見てもう一言付け加えた。

「…なにも言わないお前も嫌いだ」

扉の横には、ラッセルが立っていた。

「…君に嫌われても痛くも痒《かゆ》くもない」

「へええ」

エドワードは、意地悪そうに笑った。

「んじゃ、ついでにオレだけじゃなく、町の人にも嫌われてこいよ。研究費が足りないからください って言えばいい。法外な金額ふっかけてさ」

ラッセルは、僅《わず》かに辛そうな表情を見せた。

「……町のためなんだ」

「町のため、ねえ？」

「お前がいると町の秩序《ちつじょ》が乱れる。早く出てってくれ」

「オレのせい？　違うよ、お前のせいだろ」

エドワードは心外だとばかりに、言い返した。

「ま、お前に言われて出てくのはしゃくだ。オレらはもうちょっとのんびり滞在させてもらうよ。悪いね」

ポン、とラッセルの肩を叩いてから歩き出したエドワードの隣にアルフォンスが追いつく。後ろを振り返ると、ラッセルは店に入らず、その場に佇《たたず》んでいた。


昨夜より更に遅い、午前二時。

エドワードとアルフォンスは再びマグワールの館の壁にへばりついていた。

「昨夜の今日で、また忍び込まれるとは思ってないだろ。のんびり滞在するとも言っといたしな」

「ラッセルたち、寝ててくれればいいけど」

二人は昨夜と同じようにして塀に登った。

「昨夜戦って、昼間も町に来てるんだ。あいつも今ごろ眠くてたまんないだろ」

「同じ行動取ってたボクらも休むべきだと思うけどね」

「オレだって眠いよ。…よいしょっと」

二人は塀の内側に降りるとまっすぐ研究室に向かう。館はシンとしており、ラッセルたちがやってくる様子はなかった。

エドワードが、研究室の扉に耳を当てる。

「…誰もいないみたいだな」

「どうやって開けるの？　扉を作ると錬成反応でバレるよ」

周りを窺《うかが》うアルフォンスに、エドワードが不敵な笑みを浮かべた。

「これ、なーんだ」

「…？」

眼前に出された一本の鍵。

「あ！」

「ふふん、昼間ラッセルのポケットから頂いたのさ」

自慢《じまん》げに言う兄に対して、アルフォンスは複雑な心境だ。

「兄さん、手癖《てくせ》が悪くなったね…」

「器用になったと言えよ。さ、開けるぞ」

そっと扉を開けると、二人は中へと侵入を果たした。

研究室には誰もいなかった。ビーカーやフラスコが大量に陳列され、大きな炉《ろ》の前には蒸気《じょうき》で満ちたケースがある。そこに液体の入ったフラスコが並べられ、一定の温度で保たれていた。

「ふうん」

エドワードはゆっくりと見て回る。

「これだけの設備がありゃ、四六時中経過を見てなくても平気だよな。研究費もかかるわけだ」

大量の紙に殴《なぐ》り書きされたメモや、重ねられてる書物にざっと目を通す。アルフォンスも誰か来た時に備えて扉を気にしながら、文献《ぶんけん》を漁《あさ》っていく。二人とも錬金術の知識は人並み以上に持っている。ある程度なら、メモや作業の様子などから同業者として研究の進め方の予測がついた。

「…いいセンまで行ってるような感じなんだけど」

エドワードは手にしたファイルをめくり終わってから、キョロキョロと見渡す。途中過程で投げ出された奇怪な塊や、鈍く光る石。色とりどりの液体やいくつもの釜。ごちゃごちゃな室内から、ラッセルがどれだけ真剣に研究に打ち込んでいるか想像がついた。

口先だけを聞くと、どうにも軽い印象のラッセルだが、彼が錬金術師としての知識を相当持っているのが伺える。

「あーあ、随分無茶な研究もしてるみたいだなぁ」

エドワードは、一冊のノートをアルフォンスに見せる。そこには強引かつ危険なやり方を選択しての、『石』の錬成方法が書かれていた。結果がどうなったかは記されていないが、代わりにノートの大半を汚している血痕《けっこん》が結末を語っている。

「こんなやり方をする兄を持ったんじゃあ、フレッチャーも気が気じゃないね」

アルフォンスは同情する。

薬局で会ったフレッチャーは、いつも薬を買いに行かされると言っていた。いつも、と形容するほど、怪我をしているのだろう。

「…そうとう、あせってるな」

エドワードは、壊れたまま放置されてる薬品棚を見上げた。

「片付ける暇《ひま》も惜しんでる」

そのまま、もう一度ゆっくりと部屋を見回す。

「あと一息でできそうだから、ラストスパートをかけてる感じだな。でもそのやり方が見つからなくて、あらゆる手段を試してるってとこか…。でもなんだろう…？　なんか変な感じがする…」

エドワードが集中し出したのを見て、アルフォンスは邪魔《じゃま》にならないよう静かにする。

「おかしいな…このやり方はまるで…」

呟きながら、手元のファイルを見ては、次のファイルを開く。エドワードの集中力は並みではない。その集中力が十二歳で国家錬金術師にさせたのだ。研究者として癇《かん》もいい。

集中するエドワードを静かに見守っていたアルフォンスだが、その時、ふいに視界に違和感を覚えた。初めは兄の影が動いたせいだと思った。だが、もう一度見るとそれは確かに違っている。

「兄さん！」

「ん？　どうした？」

エドワードが振り向く。

実はこんな時、兄を心から尊敬するアルフォンスである。

どんなに集中していても、どんなに大事な場面でも、エドワードはアルフォンスを邪険《じゃけん》に扱わない。いや、そういう時こそ決して「うるさい」「邪魔するな」という言葉を口にしない。幼い頃は言われただろうが、今では決して言わないのだ。どんな時でも、アルフォンスの直感と意見に耳を傾ける。自分が集中してる時ほど他人の声がわずらわしいはずなのに。

いつだったか、そのことを聞いてみた。

いつもボクの言葉を聞いてくれるよね。それが間違っていたとしても、と。

返事は一言。

「だって、アルは相棒《あいぼう》だろ」

その時、どんなに自分が驚き、どんなに嬉しかったか。

国家錬金術師という時には辛い立場を歩む兄に、ついていくだけの自分。そんな自分に焦りさえ感じていた。だが、弟としてできることはもちろん、相棒として、共に支え合うんだという自覚と自信を持ったのはその時だった。

過去に起きた出来事に一緒に向き合い、共に戦うと決めたその日から、アルフォンスはエドワードの相棒になったのだ。

思い出す度、沸《わ》いてくる勇気と感謝の気持ちを押さえながら、アルフォンスは、エドワードの後ろの壁を指差した。

「なんか、変じゃない?」

「え?」

エドワードが振り向く。

砂を混ぜて作る、特に珍しくもない壁。

「この壁か？」

エドワードは注意深く見上げた。

「少し色味が違くみえたんだけど。気のせいかな？」

アルフォンスも一緒になってよく見る。

「あっ」

二人は同時に声をあげた。

壁に髪の毛ほどの細い筋が見えたのだ。よく見ると、天井近くまで高い二本の筋がある。あまりに細いひびのような線だが、僅かに漏《も》れる赤みを帯びた光が、白い壁をほんのり染めていた。

「…この向こうに部屋があるんだ」

エドワードはアルフォンスを見る。二人は視線で合図しあうと、ゆっくりとその壁を押してみた。ずしりとした重みが両手に伝わってくる。

音も無くゆっくりと、壁が向こう側に開いた。

部屋の大きさは大したことなかった。作業するには不便だと言ってもいい。長方形のその部屋は窓さえ無い。中央に、机が一つ置かれていた。そこには、さっきまで人がいたのだろうか、ロウソクが一つ灯っていた。

そして、二人を釘付けにする一つのフラスコ。栓《せん》をされたガラスの底に、ほんの少しだけ液体が入っていた。

わずかな、わずかな紅《あか》い液体。

「兄さん、これ…」

「ああ」

エドワードは、じっと見つめる。

目的そのものの『石』ではない。

だが失望感はなかった。むしろ湧《わ》き上がるのは、近づいた、という興奮。

それは二人の目をみはらせるのに充分だった。

ロウソクが揺れるたび、フラスコの中にある液体の紅色も揺れる。僅かな液体なのに、部屋全体がまるで夕焼けのように赤く染まり、揺れていた。

「すげえ」

エドワードが呟く。二人は今までに文献や失敗作を見てきた。失敗作でも一種の感動は味わえた。その物体に我を失ってはいけない、と分かっていても魅了《みりょう》する力に見とれることもあった。

これも、今まで見た物と同じで完全な『賢者の石』ではないと分かった。揺れる液体が石であることを否定している。だが、それを知っててもなお魅了するこの力が『賢者の石』への手がかりを秘めていると直感が告げていた。

誰もが欲する幻の『石』。幻ゆえ、伝わるキーワードはそう多くない。

すなわち、「輝きは赤く」「魅惑《みわく》の力」「その力は無限」エトセトラ。

溺《おぼ》れるほどの紅色で、部屋は水面のように揺れ続けていた。

これほどまでに魅了する力。存在。心が求めて止まない『物』に会ったのは初めてだった。

「…アル、やっと手がかりを見つけたぜ」

エドワードは凝視《ぎょうし》したまま、奮《ふる》える心を押さえつけ、告げる。

「こいつが、きっとヒントを握《にぎ》ってる。完成はしてなくとも、『石』に関する謎《なぞ》を必ず教えてくれるに違いない」

どれほど探しただろうか。本物どころか、その存在さえも不確かとされる『石』。これが完成品じゃなくても、一歩でも近づけるなにかを秘めていると思うだけで、喜びに叫び出しそうだった。

「ここに研究資料があるはずだ」

エドワードは机の縁《ふち》に手を当てて滑らす。だが引き出しはついていない。部屋には机一つしかなく、棚らしきものは見当たらなかった。

「…？」

アルフォンスはさっきまでいた部屋を示す。

「あっちの部屋じゃないの？」

「いや、あっちの部屋にある資料ってのがどうもおかしくて…。こっちにもないなんて…」

言いながら机の下まで覗き込み、壁に沿って歩いて更に隠し部屋がないことを確認する。

「くそっ」

イラつきながら、エドワードは紅い液体を睨《にら》みつけた。

「…こいつの研究資料さえあれば、少しは『石』に近づけるのに…」

「これは『石』じゃないよね？」

「ああ…。『石』に限りなく近い『モノ』だと言った方がいいかな」

エドワードは、ガラス越しにそっと指で触れる。冷たい感触。なのに、熱くも感じるのは、自分の『石』を求める欲望のせいだろうか。

「…本物を見たことがないから、なんとも言えないけど…。『赤い液体』って単語が『賢者の石』の研究を相当極めている錬金術師の資料や文献からよく出てくる言葉なんだ。『石』を作る時に出来る副産物なのか、錬成方法が違う別物なのか。はたまたこれを固めると『石』になるのか…。オレは、『石』とは別物として捉えてるけど、ヒントは秘めていると思う」

「そうなんだ…」

「ラッセルの持ってた欠片が『石』だとしたら、その過程でこの液体が残っただけかも」

「でも、この部屋にあるってことは隠したいほど重要だったんじゃないかな？」

「そうだよな…。てことは、この液体から『石』を作ったのか？」

「その方が合点がいくよね」

「でも、研究資料がない。失敗作とは言え、あっても良さそうだけど」

「あ、そっか。じゃあラッセルが持ち歩いてるんじゃない？　ホラ、盗賊兄弟がいることだし」

エドワードは、思わず弟をじっとりとした目で睨んでしまう。

「…アル、お前それ、自分で言ってて辛くないか？」

「まっとうな人生歩みたいボクとしては辛いけど…。実際やってることはそうだからねぇ」

「そりゃ、そうだけどさぁ…」

「早く後ろ指さされないで道を歩けるように頑張《がんば》ろうよ」

「ああ。でも資料はラッセルが持ってるとは思えないんだよな」

「どうして？」

「この研究室に残された痕跡《こんせき》から見て、なにかおかしいんだよ。なんか、こう、肝心《かんじん》の部分がぽっかり抜け落ちてるんだ。これじゃ、まるで…」

ここまで言って、エドワードは、はっと気づいた。

「そうだ！　このやり方が変なんだ！」

エドワードは、隣の部屋にある資料の残骸《ざんがい》を拾う。

「これも、これも。こっちのも」

次々に拾っては、確認する。

「どうしたの？」

「研究を進めて行く過程が、すっぽり抜けているんだ！　『紅い水』を精製するための、一番肝心な材料と、それを合わせる過程が、全くないんだよ！」

「え、じゃあ…」

「『紅い水』がどのようにして出来上がったのか、その過程を研究してる。あの『紅い水』から材料を選別しようとしているんだ。ラッセルの研究は逆行してんだよ！」

エドワードは、手当たり次第メモを確認しては、放っていく。

「基本の材料もその過程も残されてないんじゃあ、研究は失敗だ」

「ラッセルが今調べている、材料の選別って難しいの？」

「一を百に分解するようなもんだよ。作り出すよりもずっと難しい」

「じゃあ、無理？」

「無理だな。出来上がったセーターが、どの羊のどの辺りの毛を何本使って作られているか探してるようなもんだ」

「それは、無理そうだね…」

二人は同時に溜息をついた。

「はーあ」

「あーあ」

見つけたと思ったら、するりと逃げて行く。簡単に見つからないと分かっていても、がっかりする。しかも今回はかなり手ごたえがあったので、失望感もずっしりときた。が、それは一瞬で吹き飛んだ。

「はーあ」

溜息が三つ、聞こえたからだ。

「!!」

「!!」

扉にもたれて腕を組み、深くうなだれているのはラッセルだった。その後ろにはフレッチャーもいる。

「…び、びっくりしたぁ〜」

アルフォンスは思わず胸に手を当てている。

「……て、めぇっ、入ってくるなら堂々と入って来いよ!」

素直に驚くアルフォンスと違い、エドワードは昨夜に引き続き驚かされたことに悔しさを感じているらしい。だが、ラッセルは相変わらず飄々《ひょうひょう》とした表情を崩《くず》さなかった。

「夜遅くに、人の家に忍び込む君に言われたくないよ」

確かにそうだ。ぐっ、と詰まるエドワードに、ラッセルは瞳を向けた。表情は真剣なものになっている。

「……本当に、失敗だと思うか？」

「…？」

一瞬なんのことか分からなかったが、それがさきほどの会話を指していることに気づいてエドワードはうなずいた。

「この研究か？　失敗だね。材料も過程もないんじゃな。ある程度できたものから材料を識別すんのも、まず無理だ」

はっきりと言い切る。

ラッセルの顔に僅かに苦渋の色が浮かんだ。

「そうか…」

少しの間、黙り込む。

「……国家錬金術師の君が言うなら、間違いないかもな…」

エドワードとアルフォンスは互いの顔を見合わせた。その言葉の意味を悟ったのである。

「…もしかして、わざとここに忍び込ませたのか？　鍵が盗まれたのを知っていて？」

エドワードの問いに、ラッセルは自嘲気味《じちょうぎみ》に唇を歪ませた。

「噂《うわさ》に名高い天才錬金術師なら、俺が分からないことも分かるかもと思ったからさ。ご意見を拝聴《はいちょう》したくてね」

エドワードは、隣の部屋に視線を投げる。開いた壁の向こうから漏れる、鮮やかな紅色。

「錬金術は科学だからな。原料も資料もなしに、あんなもの作れるか。ここまで出張してオレの意見聞かせてやったんだ。教えてもらってもいいよな？　…あれは、なんだ？」

エドワードは紅色の光を眩《まぶ》しそうに見る。

「…『生命《いのち》の水』。俺はそう呼んでる」

「『生命《いのち》の水』？　『石』の作成に関わる赤い液体のことか？」

「ああ、そんな言葉の載ってる文献もあったね。…確かに色々な説があるし、色んな研究方法があるけど」

ラッセルは、ぱらぱらと手近な本をめくりながら続けた。

「あれは、『石』を目指して作った物じゃない。『生命《いのち》の水』として作ったのさ。…不完全品だけどね」

「お前『賢者の石』を作るために研究費貰ってんだろ？　おまえ自身『賢者の石』が欲しくて、オレたちの名を騙《かた》ってたんじゃないのかよ？」

その問いに、ラッセルは驚く答えを返した。

「…『賢者の石』も『金』も、どうでもいいのさ」

「町の人を騙してるのか!?」

エドワードの声に怒りが籠《こも》る。だがラッセルは動じない。

「町のためになることを目指してるのは本当さ。多少やり方が違うけどな」

「…でも騙してるんだろ。最低だな」

「君に褒められたくてやってるわけじゃない」

「……」

エドワードは心底不愉快《ふゆかい》だった。なにを言ってもさっと避《よ》けられ、斜め上から返してくるようなラッセルなのだ。

「ホント、やな奴…」

「だったら、そろそろ本当に町から出てってよ。こっちだって危険なんだし」

「知ったことかよ」

「マグワールに疑われるとヤバイんだって」

そう言われて、つい意地悪く返すエドワードである。

「じゃあ、言っちゃおうかな」

するとラッセルも、応じる。

「…そんな気が起こらないように、痛い目を見てもらう必要がありそうだね」

「兄さん、そんなことしないで」

フレッチャーが兄の腕を摑《つか》むが、それは振り払われた。

「フレッチャー、お前はマグワールが地下から出てこないよう見ていろ」

「…でも」

「早く行け」

「横暴《おうぼう》なお兄さんだねぇ」

ラッセルの言い方に、アルフォンスが非難を込めて呟いた。フレッチャーはなにか言おうとしていたが、やがて黙って出て行ってしまった。

「マグワールには、賊が入ると危ないからと地下にいてもらってるが、俺たちが危険なのは変わりない。出ていってくれ。そして二度と戻ってくるな」

「やるなら力づくでどうぞ。そのかわりオレが勝ったら、この研究室に関する全てと、あんたの目的を教えてもらうぜ」

「…」

「どうも色々気になるんだよな。隠し事はなしだ」

「…ふん」

昨夜と同じ、月明かりの石畳で二人は向き合った。

「アル、手出しすんなよ」

「しないよ」

アルフォンスは答えながら、二人が乗り越えてきた塀の辺りを見る。

「脱出路を確保しとくから」

「頼んだぜ」

エドワードがそう答えたのを合図に、戦いは始まった。

互いの力を試す必要はない。エドワードを追い払いたいラッセルと、ラッセルから研究のことを少しでも聞きたいエドワード。互いの目的は明白で、しかも全力で戦わなければ敵わない相手だ。

ラッセルが握っていた物を掲《かか》げる。研究室から持ってきたのだろう、鉄製の器だ。両手に握られた黒い塊が光を散らしながら、ぐにゃりと歪んだ。器よりずっと大きな剣に形を変えて行く。

「…質量の法則を無視しやがって。ポケットの『石』に頼ってるようじゃオレには勝てねーよ」

エドワードが左手を右腕に当てた。そのまま左手を刀を抜くように引いて行く。機械鎧《オートメイル》の一部が引きずられるようにして伸び、鋭い刃に変化した。

「でかいだけの剣なんか、ぶっ壊してやる！」

大きく踏み込み、右腕をなぎ払うと鋭い刃が空気を切った。その刃をラッセルの剣が受け止める。

「……っ！」

ラッセルが一歩下がった。鋭さはなくとも、太さと重みで勝ると思っていた剣に亀裂《きれつ》が走ったのだ。

「どうしたよ？　『石』を使ってやりたいようにやれよ」

エドワードが挑発《ちょうはつ》する。

「くっ…」

ラッセルは太く幅のある剣の刃に掌《てのひら》を押し当て、エドワードを剣ごと突き飛ばすと同時にくるりと半回転した。ラッセルの鮮やかな回し蹴りがエドワードの肩にぶつかる。

「痛…っ」

飛びすさり体勢を立て直す間に、ラッセルは、ダッと走り出し、研究室の壁に両手を当てた。

エドワードは、昨夜のように壁から尖った岩が錬成されるのかと身構える。が、ラッセルが壁から引いた手の跡に現れたのは、小さな小さな扉。

「…？」

訝《いぶか》しむエドワードの前で、ラッセルは取っ手に手をかけた。それが開く直前、エドワードはそこの壁の反対側にあった物を寸前で思い出す。とっさに身体を捻るようにして斜め後ろに下がると、研究室内の炉と繋がった扉から、熱い炎が飛び出した。

「あ、あっぶねーなっ!」

尻餅《しりもち》をついてしまいながらも、なんとか構え直すエドワードの眼前に、ラッセルの足が迫ってきた。それも慌ててよける。しかし、よけながらも右手の刃を突き出すことは忘れない。一瞬刃に気を取られたラッセルの脇腹に、エドワードの拳がヒットした。

「よし!」

「…なにが、よし、だ」

ラッセルがわき腹を突いた拳を絡《から》め取った。エドワードの肩に自らの身体を捻り込むように姿勢を下げ、胸を押す。

「わわっ!」

地面に叩きつけられると悟って、エドワードは急いで石畳に手をつき、ぴょんと飛び跳ねながら距離を取った。それは追わずに、ラッセルは一息つく。

「…ふう。なかなかすばしこいね。サルみたい」

「んだとっ」

「サルにしちゃ、いいパンチだけど」

脇腹を押さえるラッセルに、ざまあみろと勝気な表情を見せつつも、回し蹴りを喰らった肩が痺れているエドワードである。

互いに、錬金術では勝負がつかないと知っている。それでも殺傷力の高いものを使うのはチャンスを作るためであり、それが功《こう》を奏して接近戦に持ち込めるのだが、その力も互角なのだった。

「こんなんじゃ朝までかかっちゃうよ」

他人事のようにそんなことを言うラッセルである。

「ふざけんなっ。試作品とはいえ、『石』のおかげでそこまで錬金術が使えるだけのくせに偉《えら》そうに評するなよ」

同等の力のように言われて、悔しそうに反論したエドワードに、それこそ心外そうにラッセルが答えた。

「でも、回し蹴りは錬金術じゃないよ」

「知ってるよっ！」

体術は互角じゃないか、という意味である。エドワードは悔しそうに顔をしかめながら、再びラッセルに突っ込んで行った。

「いちいち人を怒らせるようなことばかり言いやがるっ」

「君が怒りっぽいんだよ」

フェイントを入れたエドワードの蹴りはあっさりとかわされた。かわりにラッセルの肘《ひじ》が、背中に降ろされる。が、それは当たらない。

「お見通しだっ」

エドワードは、身体を捻って肘突きをよけると同時に、膝蹴《ひざげ》りをラッセルの鳩尾《みぞおち》に入れた。

「……っ！」

一瞬、息が詰まったのか硬直したラッセルを、エドワードは手加減しながら、地面に押し付けようとした。が、その手は鋭く払われてしまう。叩かれるように払われて痺れた手を、エドワードは軽く振った。

「やるねぇ」

「そっちこそ」

息を整え、ラッセルが鳩尾を押さえながら身体を起こした。

「短気なわりにはねちっこい攻撃するね」

「はは。いてーだろ、それ。毎日弟と手合わせしてるんだぜ。鍛え方が違う。まともに入ったら効くだろ？」

「そうだな。俺は大抵、大人としかやり合ってなかったからな。これからはフレッチャーと手合わせしよう」

「えっ？　フレッチャーって、格闘《かくとう》できんの？」

見るからに細く小さく弱々しく見えるフレッチャーである。格闘とは程遠い存在に見えた。だが、ラッセルは、ふふん、と笑う。

「自分より小さい奴との戦い方が学べるだろう」

エドワードのこめかみがピクリと動いた。

「…言ったな。言っちゃならんことを言いやがったな…」

「あ、やっぱり気にしてたんだ」

ラッセルが嬉しそうに言う。気にしてるかと思って言ったのだから、嫌味《いやみ》として口にしたのだろう。的《まと》を射ていたことが実に嬉しそうだ。

「気にすんなよ」

これも、わざと、である。言葉の意味はまったく逆だ。

「…てンめぇ〰〰〰〰っ」

怒りにまかせた拳が当たるラッセルではない。ひょい、とかわしながら足を回す。だが、逆に、怒りのみで動いているエドワードは雑念がない分冴えていて、その回し蹴りは当たらなかった。

「絶対絶対絶対殴ってやるぅ〰〰〰っ。ああやってこうやって、ここでぐいっと捻ってやるぅ」

言いながらジャブを繰り出し、最後にはゴキッとなにかを折る仕草までしている。

「てめーは、初めから虫が好かなかったんだ。同じ歳とか言いながら、妙に落ち着きくさってさ。クールなところや、変に達観《たっかん》してるとことか、それはそれでいいことだけど、その若さじゃ老けてみえるぜ。ま、年齢偽ってる可能性はあるけど？」

どうやら、その言葉がラッセルの地雷だったらしい。

「老けて」と聞いて、口元が引きつった。

それを見逃すエドワードではない。いい様にからかわれてきた恨《うら》みを晴らさんとばかりにしつこく繰り返す。

「あ、老けてるの気にしてた？　いやあ、じゃあ他の言い方にするべきだったなぁ。老けた、じゃなくて、枯《か》れた…？　ははは、どう言えばいいか難しいなぁ。でもさあ、本当は歳いくつなのよ？」

形勢逆転《けいせいぎゃくてん》とばかりに、急に滑らかになった舌で喋《しゃべ》るエドワードだ。悔しそうなラッセルだったが、ふいにニヤリとする。

「ははーん…。なるほどね。同じ歳のはずの俺の身長、気にしてんだ」

一歩前に出て、ズバリ、言ってくる。

「お前としては、俺が年上であって欲しいんだろう？」

「…ぐっ」

今度は、エドワードが悔しがる。が、負けはしない。

「そっちこそ、憎まれ口をクールにいうなんて、さすが歳に似合わず落ち着いていらっしやる」

同じように前に出て、指を突きつける。

二人の視線が至近距離《しきんきょり》で絡み合った。

「ホント、ムカつくな、そのクールな面《つら》が」

「フン、直情型の子猿のくせに」

バチバチバチと火花が散った。

見上げる視線と見下ろす視線。ガンの飛ばし合いの最中にも、互いの悪口が飛び交う。

「人の名前騙ってただで済むと思うなよ。ま、その時もアンタは、子供には思いつかないような老けた、いや大人の手腕で丸くおさめんだろーけどさ」

そう言いながら、拳で殴る真似《まね》をすれば、ラッセルは自分の両目を手で軽く揉《も》む。

「あ〜、いてて…。人を見下ろすのって眼が痛いものなんだよなぁ。まあ、お前には分からんだろーけど」

「……」

「……」

追い出す、とか、真実を知ってやる、とかが忘却《ぼうきゃく》の彼方に飛んで行くのに時間は必要なかった。錬金術と拳と足蹴りが飛び交うやり合いが始まる。さっきまでと決定的に違うのは、激しい罵り合いが交じったことだろう。

見ていたら、この低レベルの戦いを止めるであろうと思われる弟たちは、どちらもその場に居ず、兄たちの戦いはさらに激しさを増すのであった。

兄たちが激しい戦いを展開している時、アルフォンスは脱出路を確保しに塀沿いに歩いていた。

「…まずいかも」

地面に這《は》いつくばって、警備員をやり過ごしながら、アルフォンスは呟く。

入ってきた時は、警備は門の外に三人立っていただけだった。だが今は、門の前にも三人、そして、塀の外に何人もの足音が聞こえた。塀を出れば途端に捕まってしまうだろう。

「確かあっち側は有刺鉄線《ゆうしてっせん》が張ってあったような…」

アルフォンスは、入ってきたところとは反対方向へ顔を向ける。警備員が、鉄線があるところは乗り越えるのは無理だと思い込んでくれていれば、そこには警備員がいないだろう。自分としても絡まる鉄線が面倒なので越えたくないが、鋼の腕を持つエドワードと鎧のアルフォンスなら怪我無く乗り越えることができる。

「そこを使うか…」

アルフォンスが身体を起こした時だった。目的の塀の前で、木が大きく揺れた。

「?」

まさか警備員かと、目を凝らす。だが、確かめる間はなかった。

ピイィィ――――ッ!

夜気を切り裂くように、警笛が鳴った。

「!!」

館の方を見ると、灯りが次々と点いていくのが見えた。

緊張するアルフォンスを、誰かが呼んだ。

「アルフォンスさん!」

有刺鉄線の張ってある塀の前に、フレッチャーがいた。木が揺れたのはフレッチャーのせいだったらしい。

「フレッチャーっ」

「エドワードさんを呼んで来て! このままじゃ捕まっちゃうよ!」

「分かった!」

ここで、フレッチャーが自分を騙すとは思わなかった。待ち伏せされて兄共々捕まるかもしれないと考えなかったのは、フレッチャーの強い視線があったからだ。まるで、覚悟を決めたような。

警笛が鳴った時、エドワードとラッセルは錬成で崩れた敷石を投げ合っているところだった。

「なんだ？　見つかったのかっ」

エドワードは敷石を捨てて、館に点きはじめた灯りを振り返る。ラッセルも同様に周りを見て、警備員が走ってくるのを確認した。

「手を出すなと言ってあるはずなのに……！」

「お前、信用されてねーんだ」

囲まれる前に脱出しようと走り出すエドワードを、中庭の奥からアルフォンスが呼んだ。

「兄さん、こっちこっち！」

「アルっ」

「あ、待て！」

ラッセルも追う。

「なんでついてくんだよっ」

「ちゃんとお前を追い出さないと、俺の立場もまずいんだよっ」

「偽名使ってたことがバレるからだろ？　自分の保身ばかり考えやがって」

二人は、アルフォンスに続いて中庭を後にし、案内されるまま塀の前にやってきた。

そこにはフレッチャーがいる。

「フレッチャー、お前なんでここに。マグワールの所にいろと言っただろ！」

ラッセルが怒ったように言うが、フレッチャーはそれを無視して、両手を塀に当てた。

そこには錬成陣が描かれている。光が鋭く広がり、消えたあとに扉が出来上がっていた。

「早く逃げて！　この裏なら警備の人はいない！」

叫ぶフレッチャーに、エドワードとアルフォンスの驚きの視線が向けられた。

「フレッチャー、君、錬金術が使えるのっ？」

「『石』なしでできるんじゃあ、ラッセルより有能じゃないか」

フレッチャーは二人の背中を押す。

「早く逃げて！　君たちが捕まれば、僕たちだってただじゃ済まないんだ。お願いっ」

偽名がバレれば、エドワードたちは本来の名前を名乗れるのだ。それをバレたくないからとお願いされても聞く義理はない。だが、フレッチャーの強い眼差しに気圧されて、二人は扉を出てしまう。すぐに扉は閉じ、再び塀に戻ってしまった。

騒がしさは塀の向こうで続いてるが、エドワードたちが立つ塀の外は、恐ろしく静かだった。警備員がやってくる気配も無い。

「…結局、追い出されたな」

「…うん」

「…なんかスッキリしねぇなあ」

エドワードは殴られた頬を撫でながら呟く。

「『石』はなかったし、資料もなかったし、ラッセルたちが偽名使おうがいずれ困るの本人だし、後ろ向き思考の町人ばっかだし、この町が廃《すた》れても関係ないし、だったらこの町に用はないし」

エドワードは、つらつらと並べ立てる。アルフォンスも横でうんうんと同意している。

「そうだねぇ。本物の『石』ではなくとも試作品は使われてるし、資料がなくとも『水』はあったし、フレッチャーは偽名使ってるの反省してるようだし、町の人も言いなりじゃダメだと気づきはじめただろうし、だとしたら廃れるのは勿体無いし、色々な分岐点《ぶんきてん》に居合わせちゃったねぇ」

エドワードは弟を横目で見る。アルフォンスも同様に兄を見た。

「…ホントは気になるでしょ、兄さん？」

「そんな言い方されればな」

「兄さんの気持ちを代弁してあげただけだよ」

二人は、もう一度塀を見上げる。静かになってしまった向こう側でなにが起こっているのかは分からない。そして、この塀の中で、今までになにが起きていたのかも分からない。

どんな思惑《おもわく》が渦巻《うずま》いているのかさえも。

「…『賢者の石』も『金』も、どうでもいい、か」

エドワードはラッセルの言葉を繰り返す。

「ラッセルの目的は、なんなんだ…？」

「気になるよね…」

二人は首を傾《かし》げる。

とりあえず今夜の出来事を考える時間が二人に与えられたことは、確かだった。


錬成した扉を塀に戻して、フレッチャーはラッセルに向き直った。

「…ごめんなさい、兄さん」

フレッチャーはうつむいたまま謝った。

兄の怒りが伝わってくる。表情はいつもと変わらないが、怒鳴りたいのを堪えているのがよく分かった。だが、ラッセルは冷静な口調で気にしてないように言う。

「二人を逃がしたことか？　それなら謝る必要はない。二人が捕まってマグワールの前で本名を言えば、疑われるのは俺たちだからな」

「…違うよ。逃がしたことじゃない」

ラッセルはわざと見当違いなことを言っている。それだけ怒っているのだ。

フレッチャーはもう一度謝った。

「ごめんなさい。錬金術を使って」

「……」

ラッセルの視線が痛い。

フレッチャーは兄の顔をまともに見れなかった。

錬金術は使わない、と約束したのに。

ラッセルは大きく息をつくと背中を向けた。

「…父さんが悲しむぞ。錬金術を使わせたくないって言ってただろ。俺としてもせめてお前だけでも使わないでいてほしかったのに」

フレッチャーは、兄の背中を見る。この研究室に来てからというもの、兄の顔をまともに見ていない気がする。

嘘をつく兄を見たくなくて。

『石』を使って錬金術を使う兄を見たくなくて。

研究に必死になってる兄を見たくなくて。

だが、よく見れば兄の身体にはいくつもの鎖《くさり》が巻かれていて、その鎖は兄の思考も行動もがんじがらめに縛《しば》っていた。しかもその鎖は、兄が自分で気づかず身体に巻いてるのだ。兄のいいなりになって自由がないと思っていた自分には、本当は鎖なんかなかった。自由がないのは兄だ。鎖が絡まってることに、他人も自分も気づいていない。知っているのはフレッチャーだけだ。

どうして解いてあげなかったんだろう。

憧れの人の願いを叶えるために、嘘をついて。

憧れの人の意思を継ぎたくて、研究に必死になって。

憧れの人に謝りながら、錬金術を使ってる。

憧れは、もはや鎖になってラッセルを苦しめてるのに。

「…兄さん、自分で気づかないの？」

フレッチャーは、小さく問う。

「なんのことだ？」

兄は気づいてない。自分が苦しいということに。

「どうして嘘ついてるの？」

「…ここに入って研究するにはそれしかなかっただろう」

「どうして研究してるの？」

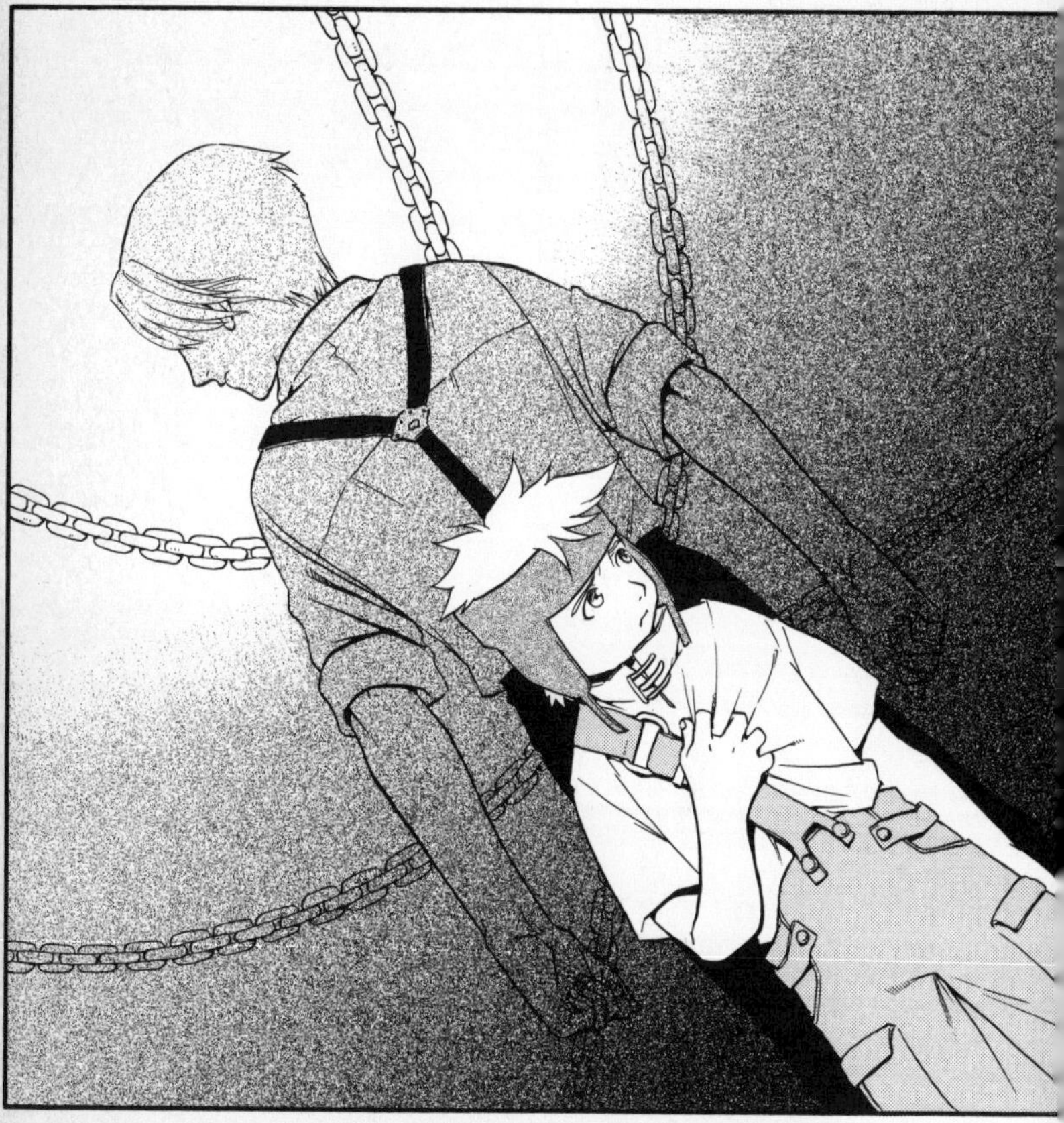

「あの人が目指したものを継いだだけだ」

「どうして、自分の力だけで錬金術を使わないの？」

「あの人が使うなと言ったからだ」

気づかない鎖。

「あの人のためにやるのが、幸せなの？」

「俺は満足してる」

重い鎖。

「だったら…」

フレッチャーは震える声で叫ぶ。

「だったらどうして、そんなに苦しそうな顔するんだよ！」

兄は、いつからこんなに辛そうだっただろうか？　それに気づかない兄は、可哀想だ。

フレッチャーは、鎖の名を告げた。

「兄さんは、父さんじゃない!!」

「………」

ラッセルの表情が一瞬で硬直した。それを見ながらフレッチャーは続ける。

「…父さんは凄かったよ。僕も錬金術師として尊敬してる。父さんに憧れて始めた錬金術に、僕らは本気になってたじゃないか。なのに父さんが辞めろと言ったらあっさり辞めてしまった。父さんが、この町を復興《ふっこう》させるために目指してたものを知って、研究室に入るため嘘をついた。父さんが反対してたからって、必要な錬金術さえ『石』という言い訳がなければ使わない。兄さんは、父さんの歩いた道を辿《たど》ろうとしてるだけじゃないか。どこにも兄さんの意思なんてない！」

「…」

「父さんだって人間でしょ。国家錬金術師の弟子になるほどの力があったのに、突然辞めて、なのに、この町でまた研究したりして。父さんにもきっと事情があったんだよ。それをそのまま辿ってほしいなんて思ってないはずだ。こんなんじゃ兄さんがバラバラになっちゃうよ…」

尊敬する人と同じ錬金術師を目指してるのに、その人自身に錬金術を止められた。目指していた憧れの人に、自分と同じことをするなと言われたのである。それが辛くない人間なんていないるのだろうか。

「…さっき錬金術を使ったことで父さんに怒られるなら、僕はちゃんと言うよ。自分たちが利用してしまった人に、これ以上迷惑かけたくなくて使いましたって。僕はいつか立派な錬金術師になりたいからこれからも続けるって」

「……」

ラッセルはじっとフレッチャーを見ている。

怒鳴られるだろうか、殴られるだろうか。だが、フレッチャーは眼を反らさなかった。誰も、兄さえも気づかなかった鎖を解くのは、弟の自分の役目だ。

フレッチャーはまっすぐ兄を見つめる。

等価交換で手に入れた勇気を、胸の内に感じながら。


結局、ラッセルはなにも言わなかった。フレッチャーの真摯《しんし》な瞳を見返していたが、先に眼を反らしたのはラッセルだった。警備の者がホールに来るよう言いに来たが、それに返事もせず館へ向う。

「兄さん…っ」

フレッチャーは、追いかけながら横目で兄を見上げた。

月明かりに照らされたラッセルの顔に、表情はない。

まるで立場が逆になったかのように、ラッセルはフレッチャーの言葉に対して口をつぐんでいた。

ホールに入ると、マグワールが階段の手すりによりかかって書類を眺《なが》めているところだった。入って来たラッセルとフレッチャーに一瞥《いちべつ》をくれる。

「……賊《ぞく》は追い払ったか？」

「はい」

「昨夜に続いて来られては、落ち着いて眠ることもできぬ。エドワード殿は放っておいて良いと言うが、さっさと捕らえた方が良くはないかな？」

「いいえ。奴も少々錬金術を使います。捕らえて内部に入れてしまったあとで、なにかしでかさないとも限りません。幾度か追っぱらえば、そのうち諦めるでしょう」

ラッセルはいつものように淀《よど》みなく答えた。マグワールは首を振る。そして、ゆっくりと言った。

「…ワシと会わせると、自分らの偽りが暴露《ばくろ》されるものなぁ」

ラッセルがギクリと身体を緊張させた。フレッチャーも同じだ。

「危ないから地下にいろと言われたのでその通りにしていたが、地下室は暇《ひま》でなあ。色々と思いをめぐらすのに充分な時間があったのだよ」

マグワールは、階段の手すりに指を滑らせる。

「この地下室は、聞き分けのない者を入れるために使ったものだなあ、とか、そういえば最後に入った者は誰だったかのう、とか思い出に浸《ひた》ってたわけだ」

「……」

「最後に入った男は、この町出身の奴でな。中央に出て行って錬金術の研究をしていた。

優秀だったらしいが、何故かこっちに戻ってくると言ってな、脱走してきたのか酷《ひど》く怯えてた。だからかくまってやる代わりに『賢者の石』を作るようお願いしたんだよ。奴は、錬金術はもう嫌だと言ってたが、町の荒れた様子を見て、『生命の水』の研究もさせてくれればやると言ってくれた。なにやら町を昔のように緑豊かにする水だとか言ってたな。『賢者の石』が完成したら、軍に口を利いて追われないようしてやるつもりだったし、研究も好きにさせてやるつもりだったが、どうにも言うことを聞いてくれなくてね。『賢者の石』のためにならなら材料をなんでも使えと言ったのに、いつまでも同じ材料ややり方を繰り返すだけで埒《らち》があかん。で、ちょっとばかり地下にいてもらったわけだ」

ラッセルとフレッチャーは、マグワールのじっとりとした視線に、偽りの生活が終わったことを知る。

「…そいつが、息子が二人いると言ってたのを思い出してな。金髪に銀目の兄弟で、死んだ妻によく似てるんだと笑ってた。『賢者の石』を作ったら、追われる生活におさらばして、緑豊かなゼノタイムに息子たちを呼ぶんだ、とな。そいつの名は…そうそう、ナッシュ・トリンガム、だったかな」

マグワールの手から書類が投げられた。二人の足元に、国家錬金術師エドワード・エルリックについて記された紙が滑り込む。

「…本物は、金髪に金目、だそうだよ」

マグワールがつかつかとやってくると、ラッセルの顎《あご》を乱暴に掴んだ。

「金目には、見えんなあ」

そう言うと、容赦《ようしゃ》なく頬を叩く。ラッセルが床に倒れた。

「お前たち、ナッシュの息子だろう⁉」

だが、ラッセルは床に手をついたままなにも言わない。

「お前が賊と言っていた者たちこそが、本物だとは分かっているんだ。その二人を呼んで証明してもらおうか」

ラッセルの服を掴んで、マグワールが怒鳴る。だが、ラッセルは相変わらず無表情のままだった。

「このガキがっ」

「…っ！」

再び振り上げられた拳を受けたのはフレッチャーだった。ラッセルとマグワールの間に飛び込んでくる。

「やめてください！　あなたの言う通りですっ。僕はフレッチャー、兄はラッセル。ナッシュ・トリンガムは父です！」

こめかみに激しい痛みを感じながら、フレッチャーは叫んだ。

「フレッチャーっ」

ラッセルが慌《あわ》てて弟の額《ひたい》を診《み》る。身内に手を上げられた怒りから、マグワールをきつく睨みつける。だが、その時すでに二人は警備員に囲まれていた。

「地下牢に放りこんでおけ!」

マグワールが命じる。腕を押さえられたまま歩かせられるラッセルに、マグワールが手を伸ばす。

「おっと、大事な物を忘れるところだった」

ラッセルの胸のポケットに手を入れ、紅い欠片を取り出す。

「試作品といえども、随分と使えるみたいじゃないか。少しでも金が錬成できるかもな」

ラッセルとエドワードの戦いを見ていたらしい。マグワールは灯りにかざし、うっとりと『石』を眺めた。

「完成させるためにも新しい錬金術師を呼ばなきゃならんし、研究費も貰わなくちゃいかん。忙しくなるな」

そのために町民の暮らしが苦しくなることなど気にもとめない。マグワールは、小さな欠片が産む、莫大な利益にのみ思いを馳《は》せていた。

第三章

紅い水

朝になって、もしかしたらマグワールに追われるのでは、と危惧《きぐ》していたエドワードの元に、警備員が一人、やって来た。

「お探ししました」

エドワードの心配をよそに、警備員は丁寧に敬礼《けいれい》した。言葉どおり随分《ずいぶん》探したのだろう、額《ひたい》には汗が浮かんでいる。エドワードとアルフォンスは、昨夜の様子からベルシオに迷惑がかかってはまずいと、ベルシオの家ではなく、町から離れた場所で野宿していたのだ。

「捕まえに来たんじゃないの？」

エドワードの言葉を警備員は否定する。

「とんでもございません！　この度、エドワード様には偽者騒《さわ》ぎで大変なご迷惑をかけたとマグワール様が申しておりまして。ぜひ館に来て、お詫《わ》びも兼ねてゆっくりしていただきたい、と」

警備員は、エドワード様、と言った。

「あの、それじゃ、ボクたちのことを分かってくれたというか、あの二人のこと…」

「はい。偽者たちは地下牢に捕らえましたのでご安心ください」

警備員は二人を安心させるかのように、にっこりする。

「エドワード様とアルフォンス様にご迷惑がかかることはありません」

町の人に偽者だ盗賊《とうぞく》だと言われる度に、不愉快《ふゆかい》な思いをした二人である。当初に望んだ結果になったはずなのに、それを聞いても二人の心はあまり晴れなかった。

マグワールの館に連れられ、初めて門から堂々と入った二人を迎《むか》えたのは、マグワール自身であった。ここには二回も侵入したし、マグワールの話も町の者から聞いていたのに、本人に会うのは初めてだ。マグワールは馴《な》れ馴れしいまでの笑顔を浮かべていた。

「ようこそ、いらしてくださいました、エドワード様、アルフォンス様。この度はご迷惑をおかけしたようで申し訳ない。ささ、お詫びと言ってはなんですが、お食事をご用意いたしましたので」

自ら食堂に案内するマグワールの後ろで、エドワードは小さくアルフォンスに耳打ちした。

「…研究に誘《さそ》うつもりだ」

「だね」

二人が侵入したことには触れずにニコニコと笑顔を向けてくるマグワールには、下心がありありと見てとれた。

食堂には暖かい食べ物が用意されており、三人は席につき、マグワールの笑顔を振り撒《ま》かれる羽目になる。

「いやいや、本当に偽者には一杯喰わされてしまいましたよ。そうとも知らずご無礼をして申し訳ない。あ、弟様は本当にお食事はよろしいので？」

「はい」

アルフォンスは丁重に辞退《じたい》する。

マグワールは今回の経緯について、偽者が以前雇っていた男の息子たちであることなどを説明した。つまり、自分に非はないと言いたかったようだ。エドワードは野菜スープを飲みながら、切り出す。

「あのですね、オレたちがここに侵入したことはご存知ですよね？　オレたちを地下牢に入れなくていいんですか？」

「とんでもない」

マグワールは笑顔のまま言った。

「あなた方は、偽者の正体に気づいてそれを諫《いさ》めようとやってきたのでしょう？　当然のことです」

どうやら不問にするつもりらしい。マグワールとしても金の錬成は違法なのだから、そのために作っている『石』の件を表沙汰《おもてざた》にはしたくないのだろう。もちろん、研究もやめるつもりはないようだ。笑顔のまま、それとなく口にする。

「…ただ、錬金術師がいなくなってしまったので、どうしようかと。『賢者の石』を完成できる実力の持ち主がいないものかと思いまして」

「…それをオレたちにやれ、と？」

エドワードの単刀直入な言葉に、マグワールは、かないませんなあ、と頬《ほほ》を掻《か》く。

「もちろん、見返りに利益の四割ほど差し上げます。かわりに金の錬成については軍部には黙《だま》っていただけたら、と」

「まあ、隠そうと思えばいくらでもできますけどね」

「金脈に到達するまでの、数年の間黙《だま》っていてくだされぱいいのです。なにぶんこの町には金を掘るための設備は揃《そろ》ってますから。新たに他の金山を探すのもまた面倒でしてね」

「まあ、金《かね》はかかりますすね」

「どうでしょう？　『賢者の石』の研究は錬金術師としても惹《ひ》かれる題材だと思うのですが…」

「そうですねぇ」

二人の返答を待つマグワールを、エドワードはわざと焦《じ》らす。ここで研究などするつもりはないが、もう少し知りたいこともあった。

「…なにか問題でも？」

「いえ、人のやりかけの研究をやるのは、プライドが許さないタイプでね。せめてあれを作ったナッシュさんについて教えてくれませんかね」

「ああ、あの男は優秀な錬金術師でしたよ。高名な錬金術師の弟子として軍の施設《しせつ》にいたようです」

「その優秀な人が、どうしてまた行方不明に？　『石』ができれば、軍に追われないようあなたが口を利いてあげるはずだったのでしょう？」

「ええ。ですが…」

マグワールは、考えながら言い綴《つづ》る。その様子は、まずいことを言わないように気をつけているようで、エドワードは気に入らなかった。

「作るのには何度も試行錯誤《しこうさくご》を繰り返すものでしょう？　ありとあらゆる材料や方法を使って。ですが、ナッシュという男は研究者として極《きわ》めることができなかったんですな。ワシの提案を無視してばかりでしてね。研究費だって馬鹿《ばか》になりませんし、地下で反省してもらっていたのですが、錬金術師ですからね、あっさり扉を作って逃げてしまいました」

「ふうん」

「当時残っていた別の錬金術師たちが、色々実験したのですが、やはり途中でやり方が分からなくなってしまって。そこに現れたのがラッセルだったんですよ。なにやら蒸留方法《じょうりゅうほうほう》が違ってたとかで、残されたままだった途中の物質をあそこまで作り上げたのです」

「へええ」

エドワードとアルフォンスは感心する。本当だとしたら大したものだ。材料も分からない物を適切なやり方で作り上げたのだから。

「ですが、残ってた物質も、失敗を繰り返したせいで、残り僅《わず》かになってしまってましてね。残ったもので原料を判別して元からやり直そうと躍起《やっき》になってるんですよ」

「なるほどね」

ここまで喋《しゃべ》ってから、マグワールは急くようにエドワードに聞く。

「どうです？　やってくれますか？　残った水から、原料を識別できますかね？」

「ううーん…」

昨夜は原料の識別など無理だからこの研究は失敗だと言ったが、ここでは渋ってみせる。

「…ラッセルたちに話を聞いてみないことには。なあ、アル」

「そうだね、兄さん」

研究を引き受けてくれるまであと一押し、と判断したのだろう。マグワールはダメだと言わなかった。

「ああ、どうぞどうぞ。地下で大人しくしていますよ。ラッセルが少々錬金術を使えるのでね、見張りをつけて気をつけてますよ」

マグワールは、最後まで作ったような笑みを顔に貼り付かせていた。


地下牢はヒンヤリした空気で満たされていた。

重い鉄の扉を開けると、通路を真ん中に挟んで両側に牢が二つずつ並んでいる。

「右側の奥です」

扉の前の見張り役が告げる。自分たちだけにして欲しいことを告げて、エドワードとアルフォンスは中に足を踏み入れた。扉が背後で閉まる。

ラッセルとフレッチャーは、格子の向こう側にいた。両手には手錠がはまっている。

「エドワードさん！　アルフォンスさん！」

二人を見つけて駆《か》け寄ってきたのはフレッチャーだった。

「フレッチャー、その怪我《けが》どうしたんだ？」

こめかみの傷に、エドワードが気づく。

「こんなのなんでもないです。それより、本当にごめんなさい。今更かもしれないけど、ごめんなさい」

格子《こうし》越しに謝るフレッチャーと対照的に、ラッセルはじっと座り込んだままだ。

「…よう、ラッセル。元気ないな。昨夜の元気はどうした？」

エドワードが挑発《ちょうはつ》するような口調で声をかけても顔を上げない。

「…今更なにしに来たんだ」

低く、それだけ言う。

「マグワールさんに呼ばれたのさ。オレたちをあんたの後釜《あとがま》に据《す》えるつもりらしいぜ。想像以上にやな奴だった」

「…やるのか？」

「まあねぇ…。利益の四割くれるっていうし、オレも『石』の研究はしたいしさ」

「研究費がかかるだけだ。町の暮らしを見たくせに」

「お前もやってたことだろ」

「俺は……っ」

ラッセルが立ち上がりかける。だが、すぐにまた座り込んだ。

「俺は…町の人のためにやってたんだ」

「金を無限に生み出す『石』を作ることが、町のため？」

「…それもそうだが、『生命の水』さえあればもっと…」

ラッセルの声が段々小さくなる。自分のやってきたことはすべて終わってしまったのだ。言っても仕方ないと言わんばかりに口をつぐむ。

「『生命の水』さえあれば、町を緑豊かにできたって？　確かに町のためだよな」

エドワードは、格子に手をかけた。

「それで、本当に正しいことをしてると思うのか？」

「…」

「言えよ、ラッセル」

「………」

だが、ラッセルは黙っていた。エドワードは格子から手を離すと、反対側の牢に寄りかかる。

「ナッシュ・トリンガムは、お前の親父さんなんだってな」

「………」

「軍の研究施設で働いてたんだって？　あそこに入るにはかなりの知識が必要だ。親父さん、凄かったんだな。お前が錬金術を研究できるほどの知識を持ってたのも、フレッチャーが錬金術を使えるのも、納得がいったよ」

「………」

「ラッセル、お前、親父さんみたいになりたかったんだな」

エドワードが言うと、ラッセルは長い長い溜息《ためいき》をついた。

「…目指していたけどな、結局はこうさ」

手錠がかかった手を持ち上げる。

「……」

「……エドワード、お前、父親は？」

その問いに、エドワードは思い切り嫌な顔をした。どうやら父親にいい感情を持っていないらしい。

「さあな。生きてんのか、死んでんのか…」

「行方不明か。うちと同じだな」

ラッセルは、疲れたように背中を壁に預《あず》けた。

「……俺たちが生まれたのはここじゃない遠くの町だ。そこで父さんは錬金術をずっと研究していて、俺も目指していた。父さんは身体があまり丈夫じゃなかったけど、錬金術については誰にも負けないくらいの知識を持っていた。錬成は得意じゃなかったみたいだけど、研究は誰もが認めていた。困っている人を錬金術で助けることができるなら力を貸してあげたいって言ってたよ。もっと研究をしたいって、軍の施設に入って有名な人の弟子にもなったらしい。でも、そこのやり方にとてもついていけないと、逃げ出してきたんだ。それからは、家族揃って毎日逃げるようにして暮らしてた。父さんはすごい怯えていて、錬金術なんてもう嫌だって。俺たちにも錬金術は絶対に使うなって言った」

「軍のどこの施設？」

「知らないよ。聞いても教えてくれなかった」

「そっか。んじゃそっちの線からナッシュさんの行方は調べられないか…。お母さんは？」

「母さんは、疲れて死んじゃったよ。それからすぐ、父さんがお前たちに見せたい町があるって。自分の生まれ故郷に連れていってやるって。様子を見てくるから別の町で待ってるよう言われたんだ。…でも、帰ってこなかった」

フレッチャーも思い出したのか、悲しそうな顔をしている。逃げる生活、バラバラになった家族。辛い思い出も多いだろう。

「…それでここに来たのか」

「父さんからの葉書にここで働くと書いてあったから来たんだ。いい研究所があって、そこで働けばもう追われることはないって。そしたら迎えにくるって。…今、父さんはきっとまたわけがあってここから逃げて隠れてるんだと思う。だから父さんが望んでたように、父さんが帰ってきたくなるように、緑の町に戻したかった。町の人は皆いい人で、俺はここを好きになったし、『生命の水』で緑いっぱいになれば、きっと金細工だけじゃない別の暮らしもできるだろうって…」

「そうだったのか…」

エドワードとアルフォンスは、これですべてに合点がいった。

だが、マグワールの野望も、ラッセルの願いも、町の望みも、目指したものはどれも形にならなかったわけだ。

「…俺は、父さんのようになりたくて、父さんの跡《あと》だけ追って、結局なにもできなかった」

「…」

「町のためになることをして、父さんに褒《ほ》められたかったんだ…」

苦しそうにラッセルが言う。

だが、エドワードは慰《なぐさ》めはしなかった。

「…お前がやることは、他にあるだろう」

「…え」

「『賢者の石』や『生命の水』がなくても、自分の両手はあるじゃないか。緑にしたきゃ、町の石くずをどかせよ。金を探したきゃ、金脈探す手伝いしろよ。親父さんとやり方が違っても、きっと、褒めてくれると思うぜ」

「…」

エドワードは両手で格子を握った。

「いつまでもこんなとこで泣いてんじゃねぇ。前に進めよ。みっともないことはすんな。オレの名前を騙《かた》ったからにはな」

格子がぐにゃりと曲がった。エドワードは牢に入ると二人の手錠を壊して、外に出る。ラッセルの手を引いてやることはしない。ここを出る時は、自力で立ち上がらないといけないと知っているからだ。

「行こう、アル」

「う、うん」

アルフォンスは、人が通れるくらいに曲がった格子を見る。奥ではフレッチャーが兄に寄り添っていた。アルフォンスの視線に気づいて顔を上げる。

「…」

力強いフレッチャーの眼。そこにある強い意志を信じて、アルフォンスも外へと出て行った。


「兄さん」

フレッチャーは静かに語りかける。

「格子が開いてるよ。手錠もない。だけど、ここを出て行くかは僕たちが決めなきゃ」

ラッセルは、膝《ひざ》を抱えた手を見ている。返事はない。

「…僕はここを出る。そして町の人に謝るよ。錬金術だってもっともっとできるようになる。広大な緑はすぐにはできないけど、その手伝いならできるよ。そもそも兄さんは、そっち方面が得意じゃないか」

「…」

「…この意味分かるよね？」

ラッセルがフレッチャーを見る。

「父さんの鎖《くさり》から離れていいんだよ、兄さん。自分を縛《しば》ることないよ」

静かにそう言うフレッチャーの大人びた声に、ラッセルは少し驚いたようだ。

「フレッチャー…。いつからそんな風に？」

「僕にだって尊敬する人がいるんだよ。その人の力になりたいと思うと強くなれるんだ」

「…？」

「…兄さんは知らなかったかもしれないけど、僕が尊敬するのはずっと昔から兄さんなんだ」

穏《おだ》やかだが、きっぱりした言葉。

ラッセルは眩《まぶ》しそうにフレッチャーを見た。

立ち上がり、弟の頭に手を伸ばす。

「…伸びたな」

懐かしい、仕草だった。

家族が揃《そろ》っている頃はよくやっていた。ラッセルが隣《となり》に立つ弟の頭を撫《な》で、背が伸びたな、とちょっぴり悔《くや》しそうに言う。兄として抜かれたくないのだ。その度にフレッチャーは兄を見上げて、すぐに追いつくよ、と言ったものだった。

だが、今日のこの言葉が見かけの成長だけを言ったのではないことは分かっていた。

兄の手の感触《かんしょく》を味わいながら、嬉しそうにフレッチャーは言い返した。

「今に、兄さんに追いつくよ」

二人は、歪んだ格子から抜け出す。

町の人に謝り、裁きを受け、いつかこの地に貢献《こうけん》するために、二人は自分の足で踏み出した。

その頃、館のホールでは笑い声が響いていた。

マグワールが使用人にくず石を持ってこさせては、金に変えているのだ。

「わはははっ！　大した錬成技術がないワシにもここまでできるとは、素晴らしい『石』ではないか！」

試作品なので無理はできないと知っていても、目の前で金が出きるさまに錬成は止められない。

「僅かでも『水』さえあれば研究は続けられるし、天才錬金術師のエドワード殿が完璧な『賢者の石』を作ってくれる。町の奴らも、この金を見れば研究費を惜しまないだろう」

一人で納得して錬成を続けるマグワールに、後ろから声がかかった。

「…それでまた金がなくなったら苦しい生活になるだけだ」

「エ、エドワード殿！」

驚いて振り向いたマグワールの前にエドワードが立っていた。

「それに、『水』もこれっぽっちしかないし」

「あ」

エドワードの手の中で、試験管が振られる。チャプン、と紅い水が揺れた。

「これっぽっちの『水』で町民をがんじがらめにするのは、あまり褒められた行為ではないですねぇ。しかもこの屋敷や調度品、結構立派ですが、この金《かね》はどこから？」

「…」

「ま、横流しなどで貯蓄《ちょちく》が人の百倍はあるんでしょう」

嫌味《いやみ》たっぷりの言葉も、マグワールには聞こえていない。ただ振られる紅い水が零れないか心配でたまらないようだった。

「エドワード殿、『水』を返してください。それがないと研究が」

伸ばされる手を、エドワードはひょいとかわす。

「研究なんて、続けられませんよ。材料もやり方も分からず、途中過程からここまで出来たのが奇跡《きせき》なくらいだ」

「そんなこと仰らないでくださいよ。あ、成功した時の利益の五割ならどうです？」

マグワールは、エドワードが交渉を持ちかけているのかと思ったらしい。だが、エドワードはその言葉を無視した。

「実は、気になっていることが一つ」

「…な、なんです？」

「あなたのことだ。いいところまでいっていた、ナッシュさんの研究資料を手に入れようとしたはずだ」

「…あ、あれは、ナッシュが処分してしまって、どこにもない」

「そうだろうね。オレが聞きたいのはナッシュさんの行方だ。大事な資料を持って逃げた、または頭に叩き込んでるナッシュさんを逃がすほど、寛容《かんよう》には見えない」

「…」

マグワールの顔が険しくなる。

「どこにいるんだ？　別の地下牢にでも閉じ込めてんのか？」

「…ここには、いない」

エドワードのきつい眼差しに気圧されて、それだけ答える。

「いない？　逃がしたってことか、それとも…」

エドワードは、ハッとする。

「まさか…」

エドワードが思い至ったことに気づいたはずなのに、マグワールは否定しなかった。

「…殺したんだな」

低く、唸《うな》るような声で問う。返事はない。それが認めたことになった。

「てめぇっ、そこまでするとは強欲《ごうよく》にもほどがある！」

マグワールは開き直る。

「研究資料の在り処を聞いただけだ。ちょっとは痛い目見てもらったがな。もともと体力のない奴だったんだ」

「それで許されると思ってんのか！」

エドワードが怒鳴る。

「あんたは一番あくどいやり方をしてるけど、町の人にもラッセルたちにも非がないわけじゃない。だから大目に見てやろうかと思ってたけど…」

ギリ、と奥歯を嚙《か》む。

どうしても許せなかった。

エドワードの怒りを目の当たりにしながらも、マグワールは慌《あわ》てなかった。

「ワシを裁くのか」

冷めた口調で聞く。

「それは裁判所がやってくれるさ。オレには関係ない。ただな、てめーはムカつくんだよ！」

「裁判は困るな。『水』も返してもらう。…今なら、国家錬金術師に勝てるしな」

手の中の紅い石を掲《かか》げて見せる。それを持っているという自信がマグワールを落ち着かせていた。

「悪いが、君を無事に帰すわけにはいかなくなったな」

そう言うが早いが、片手を階段の手すりに当てる。錬成反応が起こって、そこから巨大な銃が生まれ出た。手すりを台座にして広い口径を持つ二連の銃が現れた時には、エドワードも右腕を鋭い刃に変えたところだった。

「その刃がワシのもとに届くまでに、貴様は蜂《はち》の巣だ！」

笑い声とともに、銃弾が大量に発射された。

エドワードが柱の影に入る。その柱に向かって、マグワールは銃を撃ちまくった。

「隠《かく》れても無駄《むだ》だ！」

容赦《ようしゃ》なく襲《おそ》う銃弾の轟音《ごうおん》に耳を押さえながら、エドワードは舌を打った。

「数撃ちゃ当たるってやり方かよ。少しは頭使えよなあ」

言ってる間にも銃声は続いている。柱が銃弾で半分以上抉れるのを待って、エドワードは右腕を勢いよく振った。その鋭い刃が振り切った後には、柱に一本の筋がついていた。

「なにっ！」

「たーおーれーるーぞー！」

エドワードは丁寧に忠告までする。直撃されると後味が悪いのでどこかへ逃げろと言っているのである。逃げたところでまわりはめちゃくちゃだろうから、そこで追い詰めるつもりであった。

目を剝《む》くマグワールに向かって、柱がゆっくりと倒れていく。一緒に剝がれた天井がバラバラと床で砕けた。エドワードは安全な玄関の窪みまで下がって、倒れる柱を見送った。

「…さあて、どこかな」

しばらくして、柱や天井の破片でもうもうと煙るホールへと腕まくりをして繰り出す。

「あっちに倒れたから、あのあたりかな」

階段脇《わき》の窪みに目を向ける。が、そこにマグワールはいない。

「あれ？」

首を傾《かし》げたエドワードの横で、メキメキメキ、となにかが割れるような音がした。

「…え？」

倒れた柱の真下にはドームが出来ていた。それが割れ、柱が横に滑り落ちる。そこからマグワールが立ち上がる。その手には新たに銃が握られていた。

「…柱を倒すなど、小賢《こざか》しい真似を」

言いながら引き金を引く。

「わわっ」

すぐに反転して駆《か》け出すエドワードを、銃弾が追っていった。『石』を使っているせいか、弾は尽きることなく発射される。

倒れて折れた柱の一部に身を隠し、その柱から壁を錬成するが、それも大量の弾丸に抉られていく。壁から錬成した勢いよく伸びる円柱も、辿り着く前に破壊される。

質量も個人の力量も無視した攻撃に、エドワードは苦戦した。

「どうした？　国家錬金術師とはこんなものなのか」

マグワールが嘲笑《ちょうしょう》する。その手元では巨大な大砲が錬成されようとしていた。

「うるせーよっ」

エドワードは飛び出すと、身のこなしの素早さにものを言わせて大砲を一刀両断した。

マグワールが一瞬ひるんだ隙に、反対側の手で顎《あご》に一発喰らわせる。

「ぐうっ！」

すぐさま銃を向けるマグワールから逃れて、エドワードはまた床を壁に錬成した。メリメリと剝がれた床の下で、植物の根や土があらわになる。床が壁になって完全に立ち上がったところで、エドワードはそれを思い切り蹴った。

「！」

大きな壁が覆《おお》い被《かぶ》さるように倒れてくるのを見て、マグワールは再びドームを錬成し始めた。周りの物質がうねるようにして持ち上がり半球が完成し、マグワールはそこに隠れる。

「隙《すき》だらけだよっ」

エドワードは階段の手すりに手を当てた。パリパリと錬成の音がして、頑丈《がんじょう》そうな棒がエドワードの手に引きずられるように出てくる。

「ドームごとぶっ壊してやる」

壁の残骸《ざんがい》をまとわりつかせたまま、沈黙《ちんもく》しているドームに近づき、思い切り棒を振り上げ、降ろす。

「…!」

が、振り下ろしたはずの棒は先から消えていた。かわりに轟音が響く。

「な、んだ?」

エドワードはドームを見る。埃で白くなった世界が晴れてくる。

「…っ」

ドームには大きな穴が開いていた。そこにあるのは大砲。ドームの中で錬成を行っていたのだ。棒の先端を撃たれたと気づくのに時間はいらなかった。

マグワールが立ち上がる。

「…そろそろ終わりにしよう」

口元が笑みの形を作る。それが発射の合図だった。

ドオオン、と館が揺れた。ホールの壁に大きな弾がめり込む。

「館が壊れるぞっ」

エドワードは逃げながら叫ぶが、マグワールは笑っているだけだ。

「ははは。館などすぐに作れるさ。今は、君に消えてもらう方が重要だ」

「くうっ」

弾は続けて撃ち出される。そのうちの一発が足元に命中し、体勢を崩したところにまた一発が飛んできた。かろうじて右腕で切り払うことができたが、その重みと大きさから次の弾も切れるとは思えなかった。逃げ続けても体力が持たないだけだ。エドワードはさっきよりも頑丈な壁を錬成する。それでも、弾が当たるたび壁は大きく震え、ひびが入っていった。

「くそ、接近戦に持ち込めればこっちの勝ちなのに」

悔しそうに呟いたその時、後方の扉が開いた。

「エドワード！」

ホールに入り込もうとしているのはラッセルだった。目の前の惨状《さんじょう》に一瞬息を呑みながらも、すぐに走ってくる。

「バカやろう、来るなっ！」

弾がぶんぶん飛んでくる状況である。エドワードは壁が崩れ落ちる前に、再度錬成し直しながらラッセルに向かって怒鳴った。

「足手まといになるだけだ！　どっか隠れてろっ」

マグワールもラッセルに気づいたらしい。弾がそちらにも向かっていった。

「ラッセル、お前はもう『石』を持ってないんだ。戦いには参加できんよ」

巨大な弾がラッセルを襲う。それを間一髪《かんいっぱつ》で避《よ》けて、ラッセルはエドワードの下へと走った。そこにまた弾が飛んでいく。

「ラッセルっ」

思わずエドワードが叫ぶ。その隙をつかれた。

「これで終わりだ！」

マグワールの勝ち誇った声とともに、エドワードの壁の斜め下から、円錐《えんすい》型に変形した床が飛び出した。

「…！」

まっすぐにエドワードに向かって飛び出すそれを防ぐ時間はなかった。鋭い切っ先が眼前に迫る。切り払おうと振った右腕の刃は、円錐の先端を削りはしたが、勢いを止めることはできなかった。

エドワードは、身体を襲うであろう衝撃《しょうげき》を覚悟《かくご》する。

が、凶器は、エドワードの眼前で停止したままだった。

「…？」

「…誰が、足手まといだって？」

エドワードの耳元で声がした。

肩越しから伸ばされた腕が、エドワードを襲うはずだった凶器を止めている。

「…ラッセル」

凶器を抑える手。そして、その手にまとわりつく木の根。

根は床から鋭く伸び上がるようにして、凶器に絡《から》み付いて止めていた。

錬金術が使われたことは明らかだった。

ラッセルが軽く手を払うと、それはボロリと崩れて落ちた。

「そんなバカな…っ」

マグワールが驚愕《きょうがく》する。

「貴様、『石』をまだ持っていたのか?」

ラッセルは両の掌を上に向ける。その手にあるのは『石』ではなく、描かれた錬成陣。

「まっさか。そうそうあるわけないじゃん」

エドワードも目を見開いている。

「…ラッセル、お前…そこまでの錬金術を使えたのか…?」

「まぁね。三流程度のレベルだと思ってた?」

「…いや、相当知識があったようだし、もう少し使えるかとは思ってたけど…。今までずっと『石』を使ってたし…まさかここまで出来るとは思ってなかった」

突き出る物体を、とっさの判断とスピードで止めたのだ。天性の才能と言ってもいい。エドワードと互角の力を持っているだろう。

「父さんが悲しむからさ、ずっと錬金術は使ってなかったんだ。この町に来てからは、そうもいかなくなったけど、それでも錬金術に抵抗はあったよ。『石』を利用して錬金術を行えば、これは俺だけの技術じゃない、『石』のおかげだ…って自分に言い訳が出来た。結局錬金術に変わりはないんだけど、理由と言い訳がないと使えなかったんだな」

言いながら、ラッセルはすっきりしたような顔をしている。

「…でも、もういいんだ。俺は、人のためになることを目指して錬金術をやってた父さんを尊敬してたんだから。なんで父さんがよせと言ったのか分からないけど、だからといって俺まで止めることはないんだ」

「…」

「人のために錬金術を使うって、俺自身が決めたんだよ」

明るい表情でラッセルは言った。その顔に以前あった憂いはもうない。

「…なるほど。オレがその恩恵に預かった第一号ってわけか」

「ま、ね」

笑みを交わした二人とは反対に、マグワールの顔は険しくなっていた。

「うぬぅ…。『石』なしで、ワシに勝てると思ってるのか」

マグワールが唸る。だがラッセルはあっさりとしたものだ。

「勝てるよ。だって錬金術以外はあんた全然ダメじゃん。接近戦になればこっちのもんでしょ」

さらりと言って、マグワールのこめかみを引きつらせている。

「お前…。前向きになっても、性格は変わらないんだな」

エドワードは少々呆《あき》れる。だがラッセルは気にもせず構えた。

「ほら、来るよ。頑張《がんば》って」

「え?」

マグワールの大砲が再び発射されていた。

「わっ!」

頭上に飛んできた弾に、慌てて座って避けたエドワードの肩を、ラッセルの足がつつく。

「なにやってんだよ。接近戦に持ち込まないと」

「オレにやれってのか!?」

見上げるとラッセルが、当然だろ、という顔をしていた。

「仕方ないじゃん。お前のやり方だと近づけなかったんだろ? だったら今度は俺が防御《ぼうぎょ》するしかない。俺はこっち系が得意だし、少しは保《も》つだろ」

そう言ってる間にも、光が散って、剝がれた床から露出《ろしゅつ》した木の枝がうねって弾に絡み

ついた。ラッセルの技術は、医療《いりょう》として行われる錬金術に近いものだった。人体の細胞に関わる部分を、植物に応用しているようである。

エドワード一人では防御に精一杯だったが、ラッセルが加われば別だ。敵の武器を切ったり弾いたりでは上手くいかなかった防御も、ラッセルが得意とするやり方でならうまくいきそうだった。

「…分かった。ちゃんと防御しろよ」

「そっちこそ。あのオジさんを大人しくさせてこい」

二人は目で合図すると、同時に壁を飛び出した。

「ええい、ちょこまかとっ」

マグワールが、エドワードに大砲を続けて撃つ。だが、剝き出しの根に手を当てたラッセルの両手が光り、猛烈《もうれつ》な勢いで木の根がのたうち、持ち上がり、絡み合い、ネット状になって弾を絡めとってしまった。

「…っ」

焦りから滅茶苦茶に撃った弾も、地面から飛び出した根が弾き飛ばす。

弾の轟音と根の軋《きし》む音で、ホール全体がびりびりと震えていた。

反響しあって大きくなる音が最高潮に達したとき、弾の砕けた粉塵《ふんじん》の中から、エドワードが飛び出した。

「オレたちの勝ちだっ」

慌てたマグワールが大砲から弾を発射するより早く、エドワードの刃が砲口に食い込んだ。そのままスッパリと大砲が割れる。それが床に転がるさまを、マグワールは確認できなかった。

エドワードの拳が、頬に打ち込まれ、気を失ったからである。

そしてマグワールは連行されるその時まで、研究室がアルフォンスとフレッチャーの協力によって焼失させられたことを知らずにいたのであった。

「今日はけっこう綺麗《きれい》に見えるなぁ」

陽が傾いてきた町外れで、エドワードは夕陽を眺めていた。

風がそれほど強くないせいか、土煙は舞い上がっていない。澄《す》んだ空気に夕日が輝いていた。

「いつか、もっと綺麗に見えるようになるさ」

ラッセルも、隣で夕陽に目を細めている。

町から続く一本のレール。

エドワードとアルフォンスは、再びここに立っていた。今度は町から駅へと歩いていく。

見送りに来たのはラッセルとフレッチャーとベルシオ。

「町の者が誤解《ごかい》して色々迷惑かけたな」

ベルシオが、町民を代表して言う。

「いや、誤解されたのはこいつのせいですから、お気になさらず」

エドワードはニヤニヤしながらラッセルを示す。

「だから謝っただろう」

「足りねーな」

数十回以上謝らせられ、それでもまだ足りないと言われてラッセルは渋い顔をした。

偽名の件は、本来なら裁判沙汰《さいばんざた》になるところだが、エドワードもアルフォンスもそこまでするつもりはなかった。かわりといってはなんだが、エドワードはラッセルに、ここまで歩く間に、肩を揉《も》めだの、トランクを持てだのといった要求をしまくっていた。

「でも、本当にいいんだな？　町の人に口を利いてやってもいいんだけど？」

エドワードは少し心配そうにラッセルを見る。嘘をついたことを告白すれば、ただでは済まないだろう。

だがラッセルは、裁きを受けるつもりらしく首を振った。

「いいんだ。町の人から下される罰は受けるつもりだ。すべてはそれからさ」

「フレッチャーもいいの？」

アルフォンスが尋ねると、フレッチャーも同様に答える。

「うん。何があっても、兄さんと一緒に頑張るよ。もちろん兄さんが間違ったら僕がちゃんと正してあげる。本当に二人きりだもんね。僕もしっかりしなきゃ」

「そうか」

エドワードから父親のことを聞かされても、ラッセルは取り乱さなかった。泣くフレッチャーの肩を撫でながら、覚悟はしていた、と小さく言っただけだった。

今までずっと不安だっただろうし、真実を知って辛さは増しただろうが、ラッセルはその感情を胸に秘めたまま、エドワードにお礼を言った。

「ありがとな」

柔らかい笑みとともに言われると、エドワードはどうにも居心地が悪い。

「いいって。お前に優しく言われると落ち着かねーよ」

「そうか？　じゃ、こうか？　悪かったな」

ラッセルが思い切り不遜《ふそん》な態度で言い直すと、エドワードがキッと目を吊り上げた。

「だからって、そんな人を見下したような目をしながら言うなよ！」

「見下したんじゃない、見下ろしたんだ」

「性格悪いぞ、お前！」

不毛な言い合いを始めた二人の横で、アルフォンスはベルシオに挨拶《あいさつ》していた。

「ベルシオさん、色々お世話になりました」

「またいつかここへ遊びに来てくれ。今よりずっと良くなっているはずだ」

町は、マグワールが役人に連行されたことで大騒ぎだ。動揺《どうよう》する皆に、レマックは、マグワールが残した研究費や、これからのやり方について全員で話し合おうと提案しているらしい。緑化計画はベルシオが、細工についてはデルフィーノがいる。他の者だってきっと合う役割を持っている。これをきっかけに、新しい選択肢が広がるだろう。

フレッチャーは、アルフォンスに握手を求めた。

「ありがとう、アルフォンスさん」

フレッチャーに、勇気を与えたのはアルフォンスだ。そのおかげでフレッチャーは変われたのだ。

「僕、アルフォンスさんみたいに、兄さんに頼りにされるように頑張るよ」

「頼りにされて、薬局にお使いばかり行かされちゃうかもしれないよ?」

「ケガは困るよね」

二人は顔を合わせて、ふふふっと笑った。

横で言い争いをしていた兄たちもやっと静かになり、ラッセルは持たされていたトランクをエドワードに返した。

「本当にありがとうな」

差し出された手をエドワードはしっかり握り返す。

「しっかりやれよ。なりたきゃ、国家錬金術師にでもなればいいさ。お前ほどの実力なら余裕で受かるだろ。あ、でも性格テストで落ちるか」

「はは、お前が受かったんだからそれはないだろ」

「よく言うよ」

思えば、お互い憎まれ口ばかりだった。だが、今はそれがなくなるのがちょっと寂《さび》しい。

やがて世界は夕焼け色に染まっていく。

「じゃあ、気をつけていけよ。いつか、お前の探す物が見つかるよう、祈ってる」

「ああ、サンキュ」

本物のエルリック兄弟は町を出る。その偽者だったトリンガム兄弟は、真実の名前を掲げて町に戻る。

こうして、ゼノタイムでの偽者騒ぎは幕を閉じた。


帰り道、ラッセルはフレッチャーとともに、ベルシオが育てている木の前に立ち寄った。

細くて、弱々しい、今にも折れそうな植物。だが、長い時間をかければ、大きな木になる。

「いいか…？」

「うん」

ラッセルは、ポケットからビンを取り出した。

紅い液体が揺れている。夕陽を反射して、それはかつてないほど紅く紅く光っていた。

ラッセルはそれを木の根元に零していった。

この紅い液体の存在は大きく、今まではこれが全てだったのに、液体はあっけなく地面に吸い込まれていった。二人はしばらく見守っていたが、植物を成長させるという『生命の水』は、木に何の変化も起こさなかった。やはり、失敗だったのだろう。

このために苦しんだ者の想いなど知らぬように、液体はあっさり無くなった。

そしてラッセルを縛り付ける鎖も消えていった。

「…行こうか」

ラッセルは弟を見る。

「うん、行こう」

二人は互いに手をしっかり握り合うと、夕闇の中、町へと歩いて行った。

真実を告白するために。そして自分たちで選んだ未来へと進むために。

エピローグ

エドワードとアルフォンスが、月明かりを頼りにレールを辿《たど》り駅に着いたのは大分遅い時間だった。それでも間に合った最終列車に乗り、二人は誰もいない車両で向き合って座る。

早速、行儀《ぎょうぎ》悪く横になるエドワードに、アルフォンスは自身に言い聞かすように問う。

「…あの二人、大丈夫だよね」

町の人に嘘《うそ》をついていたのだ。どんな罰を受けるか分からない。自業自得《じごうじとく》だがそれでも心配してしまう。

「大丈夫だよ。あの顔つき見ただろ？　全部覚悟決めてるのさ。どんな結果でも前に進めるよ」

エドワードが、全然大したことないように言うので、アルフォンスは少し安心する。

「そうだよね。初めは気づかなかったけど、覚悟を決めたラッセルって、兄さんに似てたよ。だからきっと大丈夫だね」

なにがあってもやりとげようとする覚悟は、エドワードが以前から持っていたもので、ラッセルも今回それを手に入れた。別れ際、強い決意を持つ二人の強い眼差しはそっくりだった。もともと結構似ていたのかもしれない。容姿といい、兄弟構成といい、錬金術の実力といい、不敵《ふてき》な笑みの雰囲気《ふんいき》といい、共通点はたくさんある。

「…お前こそ、フレッチャーとよく似てたな」

エドワードも言う。

「え、あんなに純朴《じゅんぼく》そう?」

「違うよ。歪んだ兄を持って苦労してます、って感じが、だよ」

「…それって、兄さんが歪んでるって自己申告してるようなもんだけど…」

二人はしばし黙《だま》ってから、プッと吹きだした。

「また会えるといいね、兄さん」

「そうだな…。あいつ、すげー錬成の技術を持ってたしなあ。いずれ名前を聞くようになるかもな」

「そんなに凄《すご》いの?」

「まともにやり合ったら、痛い目を見るね」

「へえぇ」

「あいつが名を売るようになるころには、オレたちも元の身体に戻ってるといいな」

エドワードはそう言って目を閉じた。

今回も『賢者の石』の手がかりは得られなかったが、まだ行ったことの無い土地は山ほどある。旅はまだまだ続くのだ。

「頑張《がんば》ろうな」

「うん」

アルフォンスは決意を新たにしながら、小さな紙袋を開いた。別れ際にフレッチャーがくれたものだ。そこには二人の旅路《たびじ》を応援するアイテムが二つ入っていた。

「兄さん、フレッチャーが薬をくれたよ。貼るやつと飲むやつ。これで旅先も安心だ。あ、奥にまだなにかある…」

紙袋を逆さにすると、一枚の紙が落ちてきた。

「…手紙だ。兄さん宛てに、ラッセルからだよ」

「また憎まれ口かな。読んでくれよ」

エドワードは横になったまま、促《うなが》す。

「じゃあ、読むよ。えっと…『エドワードへ。お前に謝らなきゃいけないことがある。実は年齢も偽ってたんだ…』」

途端《とたん》、エドワードが跳《は》ね起きた。

「ほーらみろ、ほーらみろっ。やっぱりなぁ。あの身長はどう考えたって年上だっつうの」

狂喜乱舞《きょうきらんぶ》するエドワードの前で、アルフォンスは手紙を見、兄を見、そして再び手紙を見た。そしてそっと手紙をたたむ。

「いくつだったのかな？　オレの予想としては十九歳だと思うけど。オレも十九になったら、あんなにすらっとすんのかなあ」

「そうだねぇ」

アルフォンスはさりげなく窓の外の景色に目を向けようとした。

だが、エドワードがニコニコしながらアルフォンスの身体をつつく。

「なんだよ、それで終わりじゃないだろ？　なに？　いくつだって書いてある？」

「な、なにもないよ。手紙はそれだけ」

「……？」

エドワードはきょとんとした後、ニヤリとする。どうやらふざけていると思ったらしい。

「なんだよ、もったいぶんなって」

伸びてくる手を、アルフォンスは必死に防御《ぼうぎょ》した。しかし、逆にエドワードは楽しそうに身体にしがみ付いてきて、後ろに回した手紙を奪い取ろうと躍起《やっき》になる。

「ちょ…っ、兄さんてば！」

「隠すことないだろ！　お兄ちゃんに見せなさいっ」

ぐいぐいと手を伸ばし、ついに手紙を摑《つか》む。

「取ったぁっ！　全く、こんなことでふざけるなんて、アルもまだまだ子供だよなぁ」

そんなことを言いながら、取り返そうとしたアルの手を逃れて車両の真ん中にまで行く。

「ふふん、ラッセルの奴、いくつなのか教えろっての」

かさり、と手紙が開かれる。

それから、長い長い沈黙《ちんもく》が流れた。

そして――――。

「う、嘘だあぁ――――――っっ！」

列車中に響く絶叫を聞きながら、アルフォンスは、大きく溜息《ためいき》をついたのだった。

「エドワードへ
お前に謝らなきゃいけないことがある。
実は年齢も偽ってたんだ。
俺、本当はお前の一こ下で、十四歳なんだ。
嘘ついてごめんな。
じゃあ、元気で。
ラッセル・トリンガム」

（小説　鋼の錬金術師『砂礫の大地』　完）

第十三倉庫の怪

陽射しが一番高い所にさしかかろうとしている、正午前。

場所は東方司令部司令官室。

「第十三倉庫？」

額《ひたい》にかかる黒髪の下で、漆黒の瞳が不思議そうに瞬《まばた》いた。彼の名は、ロイ・マスタング。地位は大佐《たいさ》。『焔《ほのお》の錬金術師《れんきんじゅつし》』という称号も持つ、東方司令部司令官である。

書類から視線を上げたその先で、煙草《たばこ》をくわえてうなずいているのは、ハボック少尉《しょうい》だ。

「…なんのことだ？　東方司令部には第十二倉庫までしかない」

ロイはチラリと窓を見る。そこからは敷地《しきち》内の倉庫が一望できた。その数は十二棟。

だが、ハボックは指を一本立てる。

「プラスもう一棟あるんだそうですよ。つまり、十三番目の倉庫が」

興味あります？　と彼は続けた。

ハボックは、一目見てクセがありそうだな、と思わせる雰囲気《ふんいき》を醸《かも》し出している男だ。仕事は出来るし手際《てぎわ》もいいが、態度はあまり良くない。上官の前だろうと緊急時だろうと煙草をくわえっぱなしで、一部で反感を買ったりもしているらしい。そんなことを気にする様子を見せないのがまた、態度が悪い、ということになるのだが、本人は相変わらず流れに身をまかせるような態度で日々を過ごしている。

そして上官のロイは、珍しくコーヒーを淹《い》れてきてくれたハボックが、ちゃっかりと自分の分のコーヒーも持参してそのまま椅子に腰掛け、煙草をくわえても、なにも言わない理解ある上官だ。——といえば聞こえはいいが、ようはロイ自身も問題ある言動をしているので、そんなことを注意していたら自分の首を締《し》めることになりかねない、ということらしい。

「…十三番目の倉庫があったとして、そこに問題があるのか?」

またなにか下らない話題でも持って来たな、とロイの表情が語っている。ハボックの方も、その下らない話題を口実に仕事をさぼろうとする上官のことは分かっているので、急ぎもせずにコーヒーをすすっている。

「問題は大有りっスね」

「なんの問題があると言うんだ?」

「つまりですね。夜中にこの第十三倉庫の前を通ると、誰かのすすり泣く声と、土を掘る音が聞こえる…ってやつです」

「なんだ、怪談か」

途端《とたん》、思い切りつまらなそうな顔をして、ロイは再び書類に向かった。

「あれ、大佐はこの手の話はお嫌いで？」

ハボックの口調にあるからかいを感じ取って、ロイは軽く睨《にら》む。

「怖い、とかじゃないぞ」

「ああ、なんだ…残念」

上官の弱点発見にはならず、少々落胆《らくたん》するハボックである。

「なにが、残念、だ」

ロイは、立ち上がると窓辺に近寄る。

「そもそも錬金術師は科学者だ。理論的な思考で物事を見ようとするからな。それ以前に私は怪談などに興味はないし」

「はあ。俺なんか怖いもの見たさって奴で、わりと興味ありますが」

「その、怖いもの、も正体は大したことなかったりするのさ」

ロイは、ハボックを手招きする。

「見ろ、第十三倉庫の正体はあれだろう」

窓からは、並ぶ倉庫の側面が見えた。それが十二棟並んだ先に、今度は正面を向いた倉庫が三つ並んでいる。そこに書かれているのは、A・B・Cのアルファベット。

「アルファベットの倉庫は、三つ合わせても数字の倉庫一個分しかない。月のない夜には影しか見えないからな。もう一棟数字の倉庫があるように見えるんだろう。丁度真ん中にある字は、Bだ」

「あ、なるほど」

ハボックはポンと手を打つ。

「Bを分けると、1と3にも見えますね」

「すすり泣きも風の音かなにかだろう」

暗い夜と恐怖心と思い込み。これだけ揃《そろ》えば、見上げた〝B〟の文字が〝13〟に見えても仕方がない。

「ま、例え第十三倉庫が本当にあったとしても、怖がらなければなんてことない。強い精神を持ってすれば、幽霊だってどこかへ行ってしまうさ。勝手に軍の敷地内に侵入したことを咎《とが》めるくらいの気持ちで接しないとな。怖いと思っているからいかんのだ」

キリリとした表情を見せて、上官らしいことを言うロイに、ハボックはふむふむとうなずく。

「さすがですねぇ」

「恐怖心を持って物事を見れば、恐怖を感じるものを想像するものだ。大体そんな怪談を信じて言いふらしているのは誰なんだ？　そんな弱気なことじゃ生身の人間相手の軍など勤《つと》まらん。幽霊の正体見たり枯れ尾花ってことを教えてやらねばな」

「ぜひ頼みますよ。皆ビビっちゃってて。…あ、そろそろお昼にしましょうか」

「もうそんな時間か」

息抜きが終われば、次は昼食タイム。こんな仕事っぷりを知れば怒るであろうホークアイ中尉は、今は外出中だ。でなければこんな話題で時間を潰《つぶ》すことなどできはしない。

二人は、皆が集まっている大きな部屋へと向かった。

緊急事態もなく、急ぐ仕事があるでもなく、皆で同時刻に御飯を食べられるような、穏やかな昼下がり。廊下《ろうか》の途中で見えてくる中庭では、黒と白の毛並みを持つ犬が走っていた。

「あ、今日もホークアイ中尉の犬が来てるんですね」

ハボックが廊下の窓から庭を見下ろす。まだ成犬にならない犬は、一人で楽しそうに木切れと遊んでいた。

その犬は、フュリーが寮《りょう》住まいで飼えないのにも関わらず拾ってきてしまった犬だった。それを注意したのはホークアイだが、適切な飼い主が見つからず、また捨ててくるしかなくなった時に引き取ってくれたのもホークアイだった。うちのしつけは厳しいわよ、と微《ほほ》笑《え》みながら犬を抱いてくれた彼女の優しさに、フュリーが感動して涙を流したのは、少し前の話だ。

もっとも一部では、滅多に見られないホークアイの笑顔に感涙したのでは、という説が有力だったが。

「すっかりここに馴染《なじ》みましたね」

「フュリー曹長《そうちょう》が、週に一度は会いたいと言っているし、いずれ軍用犬を育てるノウハウを学びたいからそのためにも犬と過ごしたい、と言うからな」

飼い主のホークアイは、公私混同《こうしこんどう》になると言って、司令部に連れてくるのを反対していたが、ロイが構わないと言ってからは、仕事に差し支えない時には時折連れてくるようになった。ホークアイが早番の時も遅番の時も泊り込みの時も、敷地内では放し飼い状態である。

「まあ、番犬にもなっていいだろう」

ロイは、その飼い主探しの際、適切な飼い主にはなれないと判断された一人だ。

「無邪気《むじゃき》で可愛いっスねぇ」

目を細めて見守るハボックも、適切でない飼い主其の二である。冗談《じょうだん》で『食うと美味《うま》い』と言っただけなのだが、本気としか思えない表情で言ったために信用されなかった。いまやフュリーは、犬とハボックを二人きりにしないよう目を光らせている。

「…腹減ったなぁ。早く飯にしましょう」

犬を見たから腹が減ったのか。昼食時だから腹が減ったのか。フュリーが聞いたら前者であると想像して犬を抱えて数キロ先まで逃げそうだ。ハボックのこういったセリフのタイミングの悪さが、周りに誤解《ごかい》を与えていることは間違いなさそうだった。

犬は、拾われた時より身体も大きくなって、一番はしゃぎたい頃である。中庭を楽しそうにぐるぐる走っていた。

「…どうです？　絶対服従《ぜったいふくじゅう》の意思疎通《いしそつう》に長《た》けた犬になりました？」

ハボックは、ふと聞いてみる。

「いや、まだだな。『お手』だけは、言わずとも足を出すようにはなったが」

ロイが無言で犬に向かって掌《てのひら》を差し出し、犬はその意図を摑《つか》めず困惑《こんわく》する、という姿は幾度も目撃されている。ロイいわく『絶対服従で、文句も言わずに働く犬が大好き』ということらしいが、どうにも歪んだ愛情である。これが原因で飼い主候補《こうほ》から外れたのだ。

どうやら犬を連れてきても良いと許可したのも、この野望があるためらしい。

「私のかわりに、書類にサインを書けるようになるにはまだまだだな」

そんなことを言っている。

「一生そんな時は来ませんよ」

ロイの野望をあっさり粉砕《ふんさい》してから、ハボックは大部屋へと入っていった。

ノブをがちゃりと回し、扉を開ける。

そしていきなり、爽《さわ》やかな大声でこう言った。

「みんな、喜べ！　今夜の作戦に、大佐が参加してくださるそうだ」

ハボックは部屋に一歩先に入り、扉を押さえてロイを促《うなが》した。

「どうぞ、大佐」

「え？　なんなんだ？」

いきなりの展開に、ロイは現状を摑めない。だが、部屋の中では昼食のパンやコップを片手に、皆が期待を込めてロイを見つめていた。

「ああ、大佐が一緒なら幽霊も怖くはないですな」

ホッとしたように言ったのは、ファルマン准尉《じゅんい》だ。痩《や》せ気味の長身で、細い目をロイに向けている。

「頼もしいですね。人は一人でも多い方がいい」

そう言うのは、ブレダ少尉。ファルマンと正反対で、がっしりした体つきをしていて、ロイなどいなくても、彼一人で充分頼もしいと思われるような人物だ。

「ああ、大佐〜。本当に早くなんとかしてください〜。僕、怖くて夜歩けませんよぅ〜」

最後に、半泣きでロイの軍服の袖《そで》を握り締めてきたのは、フュリー曹長だった。短い黒髪にメガネをかけた真面目そうな青年だ。童顔な顔つきは少年にも見える。

ロイには一体なにがどうなっているのか、さっぱり分からなかった。摑まれた袖を取り戻そうとしながら、ハボックに聞く。

「…な、なんのことだ？　今夜の作戦というのは？」

するとハボックは、ニコニコしながら答えた。

「なにを言ってるんです。さっきお話したでしょう？　東方司令部の怪談話。それの真相解明のために、大佐自ら指揮を取ってくれると、仰ったじゃないですか」

「え？」

確かにロイは、幽霊の正体は恐怖からくる思い込みだということを教えてやる、と言った。だがそれは話の流れであって、それをどう捻《ね》じ曲げれば真相解明の作戦指揮官を引き受けたことになるのか、さっぱり分からない。

「…確かに、私は噂に振り回される者に真実を教えるとは言ったが、作戦など聞いていないぞ」

「え？　僕たちを助けてくれるんじゃないんですか？」

フュリー曹長が、心配そうにロイを見上げる。すがるようなその目に、ロイは困ってしまった。

「いや、その、助けるとかじゃなく、その作戦っていうのがなんなのか…」

下手に承知して巻き込まれるのだけは避《さ》けたいロイである。だが、ハボックは優しい声でフュリーに言った。

「フュリー曹長、大丈夫だよ。この人は素直じゃないだけだから」

にっこり笑うその頰《ほほ》を、ロイは遠慮《えんりょ》なくつねった。

「素直じゃないのはお前だ！　暇《ひま》つぶしに怪談話を持ってきたものだとばかり思っていた

のに…」

するとハボックは大仰《おおぎょう》に手を広げて、心外な、という顔をする。

「なにを言ってるんです。ボカァ、いつだって人生を真剣に生きてます。暇つぶしなんてとんでもない」

「この嘘つきが！」

罵《ののし》るロイだが効果はない。ハボックは、ロイに椅子をすすめて敷地内の地図を開きだした。

「では隊長、作戦の確認をしましょう」

「誰が隊長だっ。そもそも作戦ってなんなんだ！」

「幽霊現象の真相解明作戦ですよ。俺らは作戦実行隊」

ハボックは自らを指差す。次にその指をロイに向け、

「そして、大佐は実行隊隊長」

と言う。ロイがその手を叩き落とす横で、ブレダが地図上の倉庫を指でなぞっていた。

「これが数字倉庫。第一から第十二棟まであるが、もう一つ…」

ブレダが見えない倉庫を数え終わる前に、ロイがその奥の英字倉庫を示す。

「それはこのB倉庫だ。ハイ、解明終わり！　作戦終了！」

それだけ言って立ち上がろうとする。が、その肩はハボックにがっちりと掴まれた。

「逃がしませんよ、大佐。この話、マジで怖いんでなんとかして欲しいんですよ」

「一人でも多くの集団で行きたいだけだろうが」

「あたりまえじゃないですか。いくら怪談話が面白くても、現場に行くのは誰だって嫌なもんです。一人でも多くいた方がいい。一蓮托生《いちれんたくしょう》ですよ」

ハボックの口調はいつもと一緒だったが、眼は真剣だった。半泣きのフュリーといい、心なしか顔色の悪いブレダやファルマンの様子に、ロイはこの話題を適当に流すことができないのを悟った。まんまと巻き込まれたのは悔《くや》しいが仕方がない。

「…初めからきちんと話せ」

ロイは諦《あきら》めて、椅子に座り直した。

東方司令部に怪談が流れ出したのは、一ヶ月ほど前からだ。

初めにその話を聞いたのはファルマンだった。町へ見回りと買出しを兼ねて出かけたファルマンに、町の人が言ったのだ。

「最近、東方司令部は夜も忙しいみたいだね」

ご苦労さま、という意味を込められたその言葉を、ファルマンは気にも止めなかった。だが、五分もしないうちに別の人にも同じことを言われた。聞けば、土を掘るような音が聞こえたためになにか作業をやっているのかと思ったらしい。

一週間もすると、話はもっと膨《ふく》らんでいた。

「音からして土を掘っているのは一人だ」

「夜中に一人で掘るなんて怪しい」

「軍の人は、そんな夜中に作業はしてないと言っている」

「一般人は敷地に入れない」

「では、幽霊じゃないか？」

「そういえばあの敷地は、昔は処刑場だったとか…」

「東方司令部に幽霊が出るらしい」

「幽霊は、夜な夜なうろついては引き連れたい魂《たましい》を探している…」

噂は拡大する一方だった。

そこまで聞いてロイは呆れた。

「馬鹿馬鹿しい。ただ噂に尾ひれがついて話が大きくなっただけじゃないか」

が、皆は黙ったままだ。

「？　どうした？」

ハボックとブレダが、フュリーとファルマンを見た。どことなく青い顔をしたファルマンとフュリーはうつむいている。

ロイは嫌な予感がした。

「…まさか、その音を聞いたのか？」

二人がうなずいた。沈黙を破ってファルマンが話し出す。

「…寮《りょう》との行き帰りに倉庫裏の道を通るんです。先日、夜中に当番を交代して帰る時そこを通りました。噂を聞いていたものですから、壁越しではありましたが倉庫の方を気にして歩いていたんです。そしたら…」

「…聞こえたんだな」

「ザッザッと土を掘るような音が、確かに」

「…フュリー曹長も聞いたのか？」

「はい。夜中に寮へ帰ろうとしたら聞こえて…。しかも……」

フュリーの声が震える。その腕は鳥肌になっていた。

「なにか泣くような声まで…」

そこまで言って、ギュッと目をつぶる。思い出すのも嫌なようだ。

「泣き声、ねぇ…」

ロイは、やはり聞き間違いではないかと言いたかった。だが部下の訴《うった》えを頭ごなしに否定するわけにもいかない。

「…で、いま町での噂はどこまで大きくなってるんだ？」

「東方司令部には、幻の十三倉庫があって、昔そこで死んだ女性がいる、と。倉庫はそれをきっかけに潰され、幽霊である彼女は倉庫と共にバラバラになった自分の骨を探しては一箇所にまとめて埋めている…ってとこです」

「凄い飛躍《ひやく》だな」

半ば感心するロイに、フュリーがすがる。

「お願いです！　なんとかしてください。寮との行き帰りが怖いんです〜」

フュリーを突き飛ばすわけにもいかず、くっつかれたままのロイに、ブレダは聞いてみた。

「実際に昔、第十三倉庫なんてあったんですか？」

「いや、私は知らないな。だが、英字の倉庫の方が先に出来ていたとは聞いたぞ。数字倉庫は、内乱の時に色々と必要で一気に建てたらしい。英字倉庫と第十二倉庫の間には、もう一つ倉庫が建つような面積はないぞ」

「じゃあ、十三倉庫の話は、本当にB倉庫のことかもしれないっスね」

「そうだな。それより、土を掘ったり泣いたりってのは…。誰か確かめに行ったのか」

「だから行くんじゃないですか、今夜。えっと…大佐は夕方上がりですね。残業でもして時間を潰《つぶ》しててください」

ハボックはすでに勤務表をチェックしている。

「夜に？　本当に夜に行くのか？」

さっきまでは、幽霊なんていやしないと余裕だったロイも、ファルマンとフュリーの話を聞いて、さすがに引き気味である。

「今行けばいいじゃないか」

「幽霊は夜に出るんですから、夜に行かなきゃダメじゃないですか。午前一時に作戦を開始。作戦名は東方司令部の心霊現象解明作戦」

「待て。勤務時間中にそんなことしていたと知られたら怒られるぞ」

誰に、とは言わなかったが、ハボックは分かったらしい。

「ホークアイ中尉は今日、夕方で上がりです」

勤務表でしっかり確認している。

「だがなあ…」

怖くはなくても、噂の本場に行くのは誰だって嫌である。プラス、面倒《めんどう》くさい。

「夜中の一時なんてなぁ…。泣き声だって、倉庫の近くにある資材かなにかが風に鳴っているだけだろう」

ロイは渋る。しかしハボックは譲《ゆず》らなかった。

「大佐、可愛い部下が怖がってるんスよ？　見捨てるつもりですか？」

「可愛いって誰のことだ？　たんに私を巻き込みたいだけだろうが」

「俺だって嫌ですけど、フュリー曹長に泣かれたから、勇気出したんですよ」

「俺もそうです」

「同じく。土を掘る音まで聞いちゃったし」

フュリーはよほど怖かったのだろう。全員に泣いて訴えたようだ。今はロイを見つめ、瞳に涙を溜めている。

「…うう…見捨てないでくださいよぅ。本当に怖いのにィィ」

だから行きたくないのだ。ロイは、どう断ろうか思案する。

だが、数秒後。

「大佐ぁぁ！」

「わっ！　そんなにくっついてくるなって！」

皆と同じく、ロイも泣き落とされる羽目になったのであった。


午前一時前。

ロイは、残業と称した時間潰しを終えて、大部屋へ続く廊下を歩いていた。当直のファルマンとハボックは仕事。フュリーとブレダは、ロイと同じようにどこかで時間を潰しているだろう。

「面倒くさいな…」

ロイは行きたくないが、それで皆の気が済むならそれでいいだろうと半ば諦めながら、昼間の様子を思い出す。

フュリーは、泣き声まで聞いたとあって相当怖がっており、ロイを頼りにしている。本来なら寮に帰りたいのだろうが、帰り道は怖いし、問題解決を言い出したのは自分なので、仕方なく参加しているらしい。だが怖さだけはどうしようもないので、ホークアイに頼み込んで犬を置いていってもらったようだ。時間になるまで犬にしがみついているだろう。ファルマンもなるべくなら解決を望んでいるだろう。彼も幽霊が骨を埋めているという音を聞いているのだ。ブレダは『話のネタに』程度に参加するらしい。ハボックにいたっては、怖いと言いつつ、遊びのノリで皆と騒ぎたいのも本音だろう。

「…放っておけば士気に関わるし、仕方ないか」

ついでに言えば、こんな噂が知れたら大本営から一番偉い人がやってくる。騒ぎすぎ、と注意勧告ですめばいいが、その人物は注意をしないかわりに、東方司令部を心霊スポットの観光名所として娯楽施設《ごらくしせつ》にしかねない性格の持ち主だ。そんな騒がしい仕事場で働きたくはない。ならばさっさと問題解決して平穏《へいおん》な司令部に戻した方がいい。その偉い人は、後々こんなことがあったと知っても面白半分にやってくるであろうから、今夜の調査に自分が参加して、話が大きくなる前に秘密に終わらせるのが一番良かった。

「中間管理職って辛いよな…」

ぶつぶつ言いながら、部屋の前に立つ。今夜の事件が大総統《だいそうとう》の耳に入らぬよう、素早く、秘密裏に行おう、と決意しノブを掴む。

だが、ロイは、そこにあるものに気づいて目を剝《む》いた。

「…なんだ、これはっ」

秘密裏に、というロイの心情を無視する垂れ幕が、扉の横に貼ってあった。そこには『東方司令部心霊対策本部』とでかでかと書かれていた。

「こんなものを貼るなっ！　誰に見られるか分からないだろうっ」

剝がした紙を掴んで部屋に入る。

「ありゃ、せっかく書いたのに」

ハボックが残念そうに、投げつけられた紙を受け取った。

「余計なことはせんでいい！」

「まあまあ。ご愛嬌《あいきょう》ってことで」

怒るロイを宥《なだ》めるハボックの横では、ブレダとファルマンが、いそいそとパンを包んでいる。

「これで、フュリー曹長が来れば揃《そろ》いますね。…あと、二個包めばいいか」

「ソーセージも挟まないとな」

「お前たち…。なぜ弁当など用意しているんだ！」

「せっかくの肝試《きもだめ》し大会ですよ。楽しまないと」

ハボックが悪びれもせず答える。

「はい、大佐の分」

横からブレダが、包みを差し出す。だが、受け取るロイの手は震えていた。

「…私はな、皆が怖いと言うし、東方司令部を観光地にしないためにも協力しようと思って来たんだぞ。上層部に馬鹿げた調査をしたことが知られて、皆の給料が下がらないよう心配だってしているのに…なんで、肝試し大会になってるんだ！」

「いや、まあ、フュリー曹長があまりに怖がってるんで、明るくしようとしてるだけですよ。あ、パンはもう一ついります？」

ハボックは、さらにパンを包もうとする。

「倉庫に行くだけだ！　弁当などいらん！」

すると、ハボックは片手で目を覆《おお》った。

「うう…、俺たちだって、可愛い後輩が恐怖に怯える姿を見て心を痛めてるんですよ。少しでも怖がらないよう、気を遣うのが先輩ってもんじゃないですか」

「嘘泣きするな！」

「あ、バレました？」

ロイとハボックが不毛なやり取りをしている間に、やっとフュリーがやってきた。

「…」

騒がしい部屋の様子にコメントすることなく、無言のまま入ってくる姿はまるで死刑宣告を受けた囚人のように暗い。行きたくない、と全身が語っていた。その怯えっぷりは、昼の状態よりもさらに深刻になっている。

「ホラ、弁当を作ってやったぞ。きっとなんでもないから気楽に行こう」

ファルマンが、元気づけるように包みを渡す。

「ありがとうございます…」

最後の晩餐《ばんさん》だとでも思っているのだろうか。ぎゅっと握り締め、抱え込む。

「…僕、逃げ出すようなことはしたくないです。でも、怖くてたまらないんです…」

震えるフュリーに、今度はブレダが力づけるように声をかける。

「幽霊なんていやしないさ。俺たちがいるから安心しろ。ずっと傍についててやっから」

「…ブレダ少尉」

フュリーの目に涙が溢《あふ》れる。

「ありがとうございます〰〰〰っ」

「わーっ、よせっ！　犬を触った手でこっちに来るなッ」

ブレダは、そばについているどころか部屋の端《すみ》まで逃げて行った。彼は心霊現象よりも犬が怖いのであった。

ロイもフュリーの肩をポンポンと叩く。

「フュリー曹長、そんなに怯えるな。確かめればなんでもないことが分かってスッキリする。木材かなにかが風でぶつかって、泣き声みたいに聞こえるだけだ。幽霊なんていないない」

「大佐…優しいお言葉ありがとうございますぅぅ」

幽霊はいない、と言われたことでフュリーは少しだけ元気を取り戻す。

「さあ、行くか」

ハボックは時間を確認すると立ち上がり、意気揚揚《いきようよう》と言った。

「本物の幽霊とついにご対面、ってな」

その言葉に、フュリーの元気があっという間に消えていった。

ハボック少尉。つくづくタイミングの悪い言葉を吐く男であった。


外への扉を開けると、昼間の暖かさが嘘のように、強く冷たい風が皆の頬を撫《な》でた。

「…嫌な天気だ」

ロイは呟く。月は完全に隠れてしまっていて、空はどんより黒かった。司令官室から見下ろした倉庫が、今度は見上げる形で正面にある。

「行きましょう」

ファルマンが、後ろでガチャン、と扉を閉めた。皆の足元に落ちていた光が消え、闇《やみ》がいっそう濃《こ》くなる。

明るい話題でもしながら、さっと行って、ちゃっと調べて終わらせよう…、皆、そう考えていた。だが、いざその場に立つと、足を進めたくなくなる。なんとなく身を寄せ合った皆は、段差を降り、石畳を踏み、倉庫への舗装《ほそう》されていない道へと歩いていった。

「…押すな、ハボック少尉!」

背中を押され、先頭を歩かせられるロイが振り向く。

「いや、上官より先に歩くわけにはいかないでしょ」

ハボックはロイを盾にするようにして歩いている。そのハボックの腕を摑むフュリーは前さえ見ていない。

「怖い〜怖い〜」

「怖いと思うから怖いのです。怖くないと思えば怖くないのです」

ファルマンは、冷静な口調で心理分析しながらも、ロイの背中の後ろに隠れている。

「なんか陽気な歌うたいましょうや」

ブレダが明るく提案する。

全員が、己の中にじんわりと染み出てきた恐怖心を隠そうとしていた時だった。

「ぎゃっ！」

ブレダが短く悲鳴を上げたものだから、皆は心底驚いた。

「ぎゃーっ！」

「なんだよ、なんだよ」

「わああっ」

「な、なに？　なにかいるのですかっ」

「落ち着け、落ち着けって！　いてっ！　誰だ、足を踏んだのはっ」

一人が悲鳴を上げれば、全員が動揺《どうよう》し、悲鳴を上げてしまう恐るべき集団恐怖心理。歩き出してまだ数分なのに、すでに恐怖が蔓延《まんえん》していた。唯一、一番上官である責任感で皆を落ち着かせたのはロイである。ブレダの悲鳴に驚きはしたが、それより足を踏まれたのが痛かったらしい。足の主を確認し、顔をしかめながら怒鳴る。

「ハボック少尉！　足をどけろ！」

「あ、すみません」

「というか、なんでそんな不自然に足を伸ばしているんだっ」

「いえ、偶然っスよ」

「なんだったんですか、一体〰〰」

「ブレダ少尉、なにがあったんです？」

「うわああ、こっち来るなよぅ」

極まった恐怖が収まった中、ブレダだけは一人、いまだ恐怖に染まっていた。

「…犬、犬、犬〰〰〰〰っ！」

ブレダの足元で、ホークアイの犬が尻尾を振っていた。

「なんだ、犬か…」

ブレダ以外の全員が、ホッと息をつく。一番悲鳴をあげたフュリーは、犬の存在に笑顔さえ見せていた。

「どうしたんだ、お前。一緒についてきたいのか？」

犬の頭を撫で、キスまでする始末である。

「大佐、一緒に連れて行っていいで…」

言い終わらないうちに、ハボックとファルマンを盾にしたブレダが叫ぶ。

「ダメっ！　絶対にダメっ！」

「え、でも、置いてきぼりは寂《さび》しいって言ってるし…」

「勝手に犬の言葉を訳《やく》すなっ。とにかくダメ！　ダメダメダメ！」

聞く耳を持たないとは、まさにこのことである。

「…フュリー曹長、犬は繋《つな》いできなさい」

ロイがそう指示すると、フュリーは悲しそうにしながらも犬をつないできた。

なんとか落ち着いて、再び皆は歩き出す。すると今度は後ろで犬が激しく吼《ほ》え出した。夜気を震わすその声に、皆はまたもやギョッとする。犬は、ホークアイのしつけが行き届いていて、普段、無駄《むだ》吠えすることはほとんどない。なのに今は、縛られた綱を力の限り引っ張りながら吼えていた。

「静かに！」

フュリーが振り向いて言うと、犬はやっと黙った。

「…吼えるなんて珍しいな。飯はやったか？」

ロイは、無理やり先頭を歩かせられながら、後ろを見る。犬は繋がれたまま、じっとこちらを見ていた。

「あげましたよ。それに、いつもはそんなことで吼えたりしないんですけど」

フュリーは心配そうに振り返っている。

「やっぱ寂しいのかも…」

「いや、今のはそうじゃないな」

否定したのは、ハボックだ。

「聞いたことないか？　犬には予知能力があるんだって」

「ああ、そういえば飼い主の危険を察知するっていいますね」

ファルマンはうなずく。ハボックが、そうだろう、そうだろう、とうなずいた。

「あれだな。これから先、きっとヤバイことが起こるんだ。フュリー曹長には懐いてたから、きっと危険を知らせようとしたんだろうよ」

「……」

「…」

どうして、この男は皆の恐怖を煽《あお》るのか。犬騒ぎで消えたはずの恐怖心が再び皆の胸中を満たしだした。

「…大丈夫ですよね？」

ファルマンは、ようやくさしかかった第一倉庫を見上げながら呟く。

「大丈夫だろ。犬の予感なんて当たらないさ」

ブレダは大嫌いな犬の言うことなど信じたくもないらしい。毅然《きぜん》と言い放つ。一方、フュリーは犬の言うことなら信じる派だ。震えながら前方を見ていた。

「犬が僕らのこの行動を止めていたのだとしたら…きっとあの先に…」

「……」

全員が、無言になった。

倉庫は、彼らの歩く進行方向の左側に連なっている。右側には別の建物があり、その間は広い通りになっていた。そこを進んでいるのだが、先はあまりに暗かった。出てきた建物からの明かりも、そろそろ届かなくなるだろう。

フュリーから発せられた恐怖伝染は、袖を掴まれたロイにも、その後ろにいるハボックにも、ブレダにも、ファルマンにも伝染しはじめていた。全員で、くっつき合って、ずりずりと歩いている。広がる闇を前に、皆はさらにロイの背中に隠れようとしていた。

「なんで、私ばかりが先頭なんだ」

「上官優先ですので、どうぞお先に」

ハボックは優しく、だが強くロイの肩を掴んで前へと押している。

「まったく、こんな時だけ上下関係を持ち出すなんて…」

嫌がる部下たちを先に行かせるわけにもいかず、ロイは結局先頭を歩いている。どうやらハボックがロイを誘った理由はこれだったようだ。ロイがいなければ、自分かブレダが先頭を歩くことになるのだから。

第一倉庫を過ぎ、第二倉庫、そして第四倉庫の前を横切る頃になると、暗さに慣れた目でも先が見えなくなった。

「灯りを持ってきたか?」

「一応ありますが」

ファルマンが旧式のランプを用意し、ハボックが火をつける。黒い世界をオレンジ色の光が、ぼう、と照らし出した。

「……」

しばしの沈黙のあと、フュリーが呟いた。

「…なんだか、前より怖いんですけど」

ランプは箱型で、ガラスの仕切りがあるとはいえ、風が吹くたび中の炎が揺れる。オレンジ色が揺れる世界で、倉庫に映る全員の黒く大きな影が生き物のように蠢《うごめ》いていた。これでは明かりに安心するどころか恐怖倍増である。

「…仕方がないだろう。自分たちの影なんだ、気にするな」

気を取り直すロイの影が、強風と共にぐらりと歪む。

「そ、そうですよね」

「あ、ほら見てください。こうすれば、怖い影も楽しいです」

ファルマンが、ランプの前で両手を組んで、影絵を作る。

「ほら、可愛い犬ですよー」

ファルマンの手で作られた犬らしき影は、炎の揺れでぐにゃぐにゃと歪んでいた。

「…ファルマン准尉、アイデアはいいがそれは却下だ」

「あ、そうですか?」

倉庫の壁には、口の裂け、耳の取れかかった狼が映っていた。

「さっさと行こう。これじゃいつまでたっても辿りつかん」

「早く帰って暖かいコーヒーでも飲みましょうや」

「そうですね」

影が大きくのたうつように揺れるたび、ギクリと足を止めながらも、全員はなんとか第六倉庫までやってきた。

「この倉庫ってなにが入ってるんでしたっけ？」

ブレダはランプを掲げて、数字の『6』を確認しながらロイに聞く。

「ここは、今は使い道のない設備や机などが置いてあるはずだ。第一倉庫から順に、使用頻度が高い物や資料をしまっている。この第六倉庫から向こうはハッキリ言って管理されていない物置状態だろう。なにも入ってないかもしれない」

「見たことないんですか？」

「着任したばかりの時に一度見たきりだな」

「じゃあ、今はどうなってるか分からないんですね…」

普段なら大した意味のないこの言葉も、今は意味深長に聞こえて、全員は息を呑む。

「…どうします？　中から悲鳴とか聞こえてきたら？」

ブレダは、冗談として言いたかったようだが、怖がりながら言ったその声は暗く低くなってしまい、冗談には聞こえなかった。皆は倉庫から離れるように右側に寄ってしまう。

「…そういえば、空気が滞った場所には、霊が集まりやすいって聞きました。なにかいても不思議じゃないですね」

今度はファルマンが余計なことを言ってしまう。沈黙に耐えられないので、なにか喋りたいのだろうが、言った分だけ恐怖を煽る悪循環《あくじゅんかん》になっていた。

空気が滞った倉庫イコール霊がいる倉庫。そう思い込んでしまった皆の歩みは数分後には、牛歩並みとなっていて、これでは目的地に着くまでに風邪《かぜ》をひくのがオチであった。

ロイは溜息をついて、通り過ぎようとした第八倉庫に近寄った。

「…ついでだから、確かめよう。窓から覗けば少しは中が見えるだろう」

右側の建物に身体を擦《こす》り付けるようにしていた他の四人は、ぶんぶんと首を振る。

「や、やですよ！」

「大佐、やめましょうよぉ」

「やーだーよー！」

「やだやだ」

子供みたいに抵抗する四人の手を、ロイは無理やり引っ張る。

「第十三倉庫や土掘り音の真相を確かめても、今度はこの倉庫の中が気になってまた怖い思いするだけだぞ。気になることは今のうちに全て確かめてしまえばいい」

「いやですぅぅぅ」

「そんなこと言って、今後、倉庫に荷物を取りに行くのが嫌になったら、仕事にならんだろうが。その時に真相解明とか称してまた夜中につき合わされるのは私はごめんだ。さ、ハボック少尉、フュリー曹長を連れてこい。ファルマン准尉、逃げるなっ」

ロイに強制されて、全員で第八倉庫の前に並ぶ。倉庫の窓は、大人が背伸びして覗ける
くらいの位置にあった。

「ハボック少尉、第六倉庫から台を持ってきてくれ」

メンバーの中ではそれほど怖がってなさそうなハボックに、ロイが頼む。だがハボック
は即座に断った。

「嫌ですよっ」

どうやら、ハボックもかなり恐怖度が上がってきているらしい。

「一人で行くなんて絶対嫌です！」

頑《がん》として、首を縦に振らない。

「…仕方ないな。では私も行くから、ブレダ少尉たちはここで待って…」

すると今度は、三人がぶんぶんと首を振った。

「いやっ！」

「置いていかないでくださいっ！」

「行かないで、大佐ああ！」

「ぐえっ」

珍しく大人気のロイである。三人にしがみつかれて息を詰まらせていた。

最終的に近くに転がっていた長方形の木箱を使うことで、皆は落ち着いた。全員がその上に横一列に並んで恐る恐る覗き込む。

「…」

「…」

倉庫の中はからっぽだった。

反対側の窓の輪郭《りんかく》がぼんやりと見えるだけで、動くものなどない。

「ほら見ろ。幽霊なんてちっともいないし、悲鳴だって聞こえないだろう」

はっきりくっきり見える幽霊などいないだろうが、ロイは皆を強引に納得させる。その力強い言葉に皆の震えがなんとか止まった頃には、時刻はすでに二時を回っていた。

「ここまで怖がったのだから、もうなにがあっても平気だな」

ロイは、パンを食べながら皆の顔を見回した。

緊張をほぐそう、ということで、お弁当タイムが始まっていた。寒い夜中に輪《わ》になって弁当の包みを開く。なんとも酔狂《すいきょう》な集団であった。しかし、パンの香りに緊張していた気持ちがほぐれてきたのもまた事実だ。ハボックは、ロイの言葉にうなずきながらウインナーをかじる。

「確かに、恐怖のどん底までいけば、それより下はなさそうっスよね」

皆もうんうんと同意する。

「いわゆる奈落の底ってのがここなら、この下はないだろうな〜」

「ということは、もうこれ以上怖い思いをしなくて済むんですねっ」

「そういうことだ」

さっきの反動か、今度は皆で饒舌《じょうぜつ》になり、怖いものなどない、と笑っている。

なぜ、怖い思いに限界があると思うのか。その辺りを追求できないという点では、ロイもやはり緊張の反動がきていたのだろう。

「もう平気だな」

「はい」

「俺も、もう大丈夫だぞ」

「怖い話もどんと来い、だ。ここが奈落の底なら這《は》い上がるだけだもんな」

「じゃ、いっちょ怪談トークとまいりますか」

わははは、と笑う全員、少々頭のネジが切れていた。

では、と名乗りを上げたのはファルマンである。

「花屋の嫁…って知ってます?」

怪談話のセオリー通り、声を潜めながら、ファルマンは語りだした。

「あるところに、花屋を営む仲のいい夫婦がいたそうです。毎日丹精《たんせい》に育てた色んな種類の花を売っていたんですが、奥さんの方が病気で亡くなってしまった。旦那《だんな》さんはすごく悲しんで、奥さんのお墓に自分で育てた花をそなえたそうです。気づけば、旦那さんは花屋でありながら、奥さんに花を贈ったことがなかった。だからせめて…とね」

「いい話じゃないか」

「うん」

皆は微笑み合う。だが、和みかけた空気をファルマンが指を振って散らす。

「違うんです」

「？」

「その夜、旦那さんの枕もとに、奥さんが立ったんです」

「お礼を言いに？」

フュリーの問いに、ファルマンはゆっくり首を振る。

「旦那さんもそう思っていた。だけど…」

何故か低くなる声。皆は頭を寄せ合う。

「…枕もとの奥さんの顔は悲しげだった。奥さんは、長年連れ添った旦那さんが自分の好きな花をそなえなかったことが悲しかったんですよ。初めての花の贈り物。それも死んだ後だ。せめて好きな花を贈られたかったんです」

「…それで？」

「旦那さんは、次の日も、そのまた次の日も花を選んではそなえ続けた。けれど、夜に現れる奥さんの顔は変わらない。それどころか次第に恨《うら》みがましいものになっていったんです。だけど旦那さんは、確かに奥さんの好きな花を何度も会話で聞いた気がするのに、どうしても思い出せない。一日に何十種類もの花を扱ってますからね、お客さんの好きな花は覚えていても奥さんの好きな花は覚えてなかったんです」

「……」

「やがて奥さんは、旦那さんを憎むように、じーっ、と一晩中顔を覗き込んでくるようになった。さらに、私のことを愛してなかったのね、と恨みのこもった声で囁《ささや》き続ける。そのうち旦那さんもやつれてきた」

「…」

「そして、花を贈り尽くした旦那さんは、もうどうしようもなくなって、店の前に毎年咲いている、どこにでもあるような花を持って行った。だがそれは、季節外れですでに枯れかけていた。それでももう、贈る花はそれしかなかったんですよ。すると、その夜現れた奥さんが、はじめて笑顔を見せて『ありがとう。やっぱりあなたは私の愛する人だわ。こんなに綺麗《きれい》で元気なお花なら、あの世にも持っていけるわ』と言って満足そうに消えたそうです。そして次の日…」

「…」

ゴクリ、と誰かが唾《つば》を飲んだ。

「旦那さんは冷たくなって発見されたそうです。もう一つ、奥さんの墓にそなえられた枯れかけてた花は、まるで生気を吹き込まれたかのようにみずみずしく咲いていたそうですよ…」

「……」

長い沈黙が流れた。風が強く吹き、ランプが大きく揺れる。

予想以上に後味の悪い話であった。

「…怖いですよ、その話…」

「うん、怖い…」

「やっぱ、怖いもんは怖いっスよ…」

「…確かに」

「聞かなきゃ良かった…」

どうやら、恐怖の反動で陽気になったものの、今度は陽気の反動でさらに恐怖にはまってしまったらしい。

死んだ旦那さんと奥さんの幽霊が話した内容を、一体誰がどう知るんだ、とか突っ込みどころの多い話だが、それに気づくような状態ではない。景気づけのつもりで聞いた怪談に怖がっているのだから、はたから見ればなんとも馬鹿らしい。

「もう帰りたい…」

ブレダが皆の気持ちを代弁する。だが、誰もそうしないのは、万が一自分だけここから戻ることになったら怖いからなのであった。

救いのない怪談話に、奈落の底から這い上がるどころか、奈落の底に穴を掘ってしまった彼らであった。だが、じっとしているのはもっと怖い。自らの恐怖に潰されそうになりながら、全員が立ち上がる。

皆は互いの服をつかみながら、第十二倉庫の奥を目指して歩みを進めて行った。

いつも勤務している敷地内だが、恐怖の下で歩く夜道は、あまりにも未知な世界に見えた。知らない土地でさまよったかのように、精神的にも体力的にもかなり疲れている皆である。

第九倉庫を過ぎる。

心なしか風が強くなっている気がする。

第十倉庫…第十一倉庫…。押し合い、引っ張り合いながら皆は身を寄せ合って進む。

「うう…」

フュリーが、ロイの袖をぎゅう、と握り締めた。声を出すつもりがないのに、近づくにつれ、怖さにうめいてしまうようだ。

やがて第十二倉庫に辿り着く。

「…やっぱり、ないっスね」

ハボックが呟いた。

十二倉庫の奥に、もう一つの倉庫などなかった。あるのはA・B・Cの三つの小さな倉庫だけ。

「見ろ、第十三倉庫なんてないだろう」

ロイは、後ろにいる皆に、顎《あご》で示す。

「暗かったり、怖かったりすると『B』が『1・3』に見えてしまうだけなんだ」

確かにこの暗闇で、Bの文字ははっきりと見えなかった。だが、ランプで照らせばそれはやはり『B』であった。

「骨を埋める女のことは？」

ハボックは周りを見渡す。

「そ、そうですよっ！ 土を掘る音や、泣き声は？ あれも嘘だって言うんですか？」

フュリーがロイにしがみつく。

「なんだ、本当に幽霊がいてほしい口ぶりだな」

「違いますよっ！ いないなら、いないという証拠《しょうこ》が欲しいんです！」

フュリーは必死である。ここまで来ておいて、なんとなく、で終わらせるのは嫌だった。

もちろんそれは皆一緒だ。

皆は耳をすます。泣く声は聞こえないか、土を掘る音は聞こえないか、と息をひそめた。

——だが、聞こえてくるのは風の音だけだった。

「…聞こえないな」

「たまたま今日は土を掘ってないのかも」

「かもしれんが、この場所でなにも聞こえないということは、ただ単に、風の音が壁を通すと変に聞こえただけってこともあり得る。ファルマン准尉もフュリー曹長も、敷地の外から聞いたのだろう？　壁越しで聞くと、変な音に聞こえただけかもしれんぞ」

ロイのこの意見には説得力があった。

「あ、そうですよね…」

「幽霊がいない証拠もないが、考え方次第では、ここで聞こえないなら土を掘る音と泣き声はただの聞き間違い、と納得できないか？」

「そうも言いますね…」

フュリーは、しばらく自分の中の恐怖と戦う。ロイの意見を何度も頭の中で繰り返し、やがて顔を上げた。

「…ここで見つからないなら、…倉庫の隙間風かもしれないですよね」

やっとふっきれたように、フュリーはそう言った。

「そういうことだ。全員納得したか？」

ロイが振り返ると、ハボックもブレダもファルマンも、スッキリした顔をしてうなずく。

「じゃ、これで作戦は終了だ」

そう言うロイ自身も、ホッとしていた。ロイとしても心霊体験などしたくはない。恐怖の時間を過ごすうちに、もしや…とも思ったが、やはり杞憂《きゆう》に過ぎなかったようだ。

長い旅を終えたときのような清々しい気持ちで、皆は来た道を戻ろうとする。

冒険は終わったのだ。

その時、ふいに月が雲間から姿を現した。

冴え冴えとした月の光が世界を満たしていく。そして――。

「…！」

「あ…っ」

「えっ」

「！」

全員が、硬直《こうちょく》した。

彼らは見つけてしまったのだ。月明かりに照らされた土が、まるで掘り返されたかのように盛り上がっているのを。

それは十二倉庫と、英字倉庫の間にあった。

「まじかよ…」

青白い世界にある、黒い土の山。

ハボックが思わず後ずさったのを合図に、フュリーがぶるぶると震えだす。ランプを持つファルマンの手も、その背から覗いているブレダの足も震えていた。

あってほしくない現実が、そこにあった。

ロイは、震える己の足を叱咤《しった》しながら、そこに近づこうとする。だが、その背に皆がくっついて必死でロイを引っ張った。

「行ったら、ダメですよぅ」

「とりつかれたら、どうすんですかっ」

「もういいですよ、明るくなってから出直しましょうよー」

四人の怖さは絶頂に達していた。だが、ロイは歩いていく。司令官として見極めたかった。ロイにくっついている皆も、必然的に土の山に近づき、全員で覗き込むことになった。

掘り返された土の下に…白い骨があった。

「まさか、本当にあるなんて…」

ロイは少なからず衝撃《しょうげき》を受ける。

慣れ親しんだ場所に怪談などあって欲しくはなかったのだ。毎日過ごしていた敷地内に、怪談どおりの骨が埋まっているのはショックだった。よく見ると、まわりにも骨が数本散らばっていた。

「……」

怪談は、現実になってしまった。得体の知れない恐怖がリアリティを持った途端、ロイの中に、骨の持ち主が噂どおりにここで死んだのか調べなくては、と責任感が湧く。

だが、骨の主が土を掘っていた音を聞いたフュリーや、他の三人は、恐怖ばかりが膨れ上がってしまったらしい。

「あの音が…あの音が…」

「鳥肌たってきた…」

「怖えぇ、ほんまもんがこの辺りをうろついてるんだ〜」

「きっとどこからか、俺たちのことをじっと見てますよ」

と、周りをキョロキョロしている。四人は幽霊の存在を百パーセント信じきってしまったようだった。

ロイは、震えている彼らを振り返る。

「とりあえず、この骨の分だけでも埋めなおそう」

だがロイのこの提案は、恐怖の最高潮にいた四人に、口々に反対された。

「いやだぁぁぁ」

「い、いやです！　それだけはいやですっ！」

「どこかで、幽霊が見てるんですよっ？　勝手に触っては怒られますよ！　とりつかれる！　恨まれるぅぅぅ」

「勘弁《かんべん》してくださいよ。このとおりっスから！」

クモの子を散らすように逃げた四人を見て、ロイは自ら落ちていた木切れを拾う。

「じゃあ、私一人でやるからいいだろう。まったく無理やり誘われた私がなんでこんなことまで…」

木切れで土を深く掘ろうとしたロイの身体に、今度は四人がべったりひっついてきた。

「勘弁してくださいって言ってるじゃないですかぁ〜」

「触らぬ神にたたりなしって言うでしょぉぉぉ」

「大佐が幽霊を怒らせたら、ここにいる皆が恨まれるんですよっ」

「皆とりつかれるんだ〜〜〜〜」

四人はロイの行動を必死で止める。

「な、なにを言ってるんだ。調査がはじまるまでとりあえず埋めなおすだけじゃないか。このまま野ざらしにするわけにはいかないだろう」

だが、四人はロイをぐいぐいと骨から離そうとする。

「この幽霊は自分で骨を集めたいんでしょう？　勝手に触ったら恨まれますよ〜」

「大佐と一緒にいる俺らの元にも毎晩幽霊が現れて、よくも私の骨を触ったなぁ〜、よくも大佐の行いを止めてくれなかったなぁ〜、って言うんですよ〜」

「ぎゃあああ！　それ、怖い！　マジ怖い！」

パニック状態で半べそをかく四人に困り果て、ロイはとりあえずなだめてみる。

「もしそうなったら、私がかばってやるから安心しろ」

ロイにしては珍しく優しげなセリフだったが、その程度では四人の恐怖は拭い去れなかった。

「嘘だ〜、大佐はきっと、恨むなら部下を、って言うに決まってますよー」

「で、自分だけ助かるんだ〜」

まるで駄々っ子であった。ロイは呆れる。

「責任は私が取る。今ここで誓うから、それでいいだろう？」

「大佐の口約束なんか信用できないっス」

「じゃあ、どうしろと言うんだ！」

「だって怖いじゃないですかあ〜」

結局、ハボックのポケットにあった紙切れに『この度の騒動でなにかあった時、全責任は私が取ります』とロイが誓約書《せいやくしょ》を書くことで、とりあえず騒ぎは収まった。幽霊出没の際にはこれを見せれば大丈夫、ということらしいが、幽霊に誓約書が効くかは甚だ疑問である。それでもとりあえず四人は納得し、皆で木切れを拾ってきて、穴を掘り、そこに骨を埋め直した。

こうして『東方司令部の心霊現象解明作戦』は終了した。

「帰ろう…」

「はい…」

全員が疲れきっていた。

「…明日、花でも買ってそなえておきましょう」

ロイの隣に並んで歩きながら、ハボックがそう提案した。

「ああ、そうだな」

「いい案ですね」

「うむ」

皆は、賛成する。

「なんの花がいいですかね？」

ただなんとなくそう聞いたブレダの言葉に、ふと全員が顔を見合わせた。言ったブレダ本人も、動きが止まっている。

恐怖、再び。

「…」

「…」

今、全員の脳裏に『花屋の嫁』が思い返されているのであった。

次の日の朝、ありとあらゆる花を抱えて、倉庫の向こうに消える男たちを、ホークアイは訝《いぶか》しげに見ていた。

「…どうしたんです？　いったい」

「いや、まあ」

ロイは、言葉を濁《にご》す。

怪談話も、それを調査する名目で行われた肝試しも、ホークアイには言っていない。言ったとしても、勤務中の肝試しは咎められるだろうが、結果があるのでそうは怒られないだろう。だが、なんとなく言えないのである。肝試しの悲しい結末が、あまりに生々しくてロイはまだ口にする気が起きなかった。

ヘタをしたら軍部自体が関わった事件かもしれないのだ。内密に殺されたとか、陰謀《いんぼう》に巻き込まれたとか、悪い方に考えることはいくらでもできる。ロイは、今日にでも上層部に事件の調査を依頼《いらい》するつもりだ。すべてが解決するまで、幽霊をそっとしておきたかった。

「…そのうち話す。今は気にしないでくれ」

「…？」

それで納得してくれるわけはないだろうが、ホークアイは暫《しばら》く黙った後、仕事の話を始めてくれた。

ロイはホークアイから書類を受け取りながら窓を見る。その向こうには倉庫が十二棟、いつもと同じ姿でそこに並んでいた。その奥にある、幽霊騒動の現場は、ありとあらゆる種類の花で埋め尽くされている。代金は十万センズを越えていたが、その中に幽霊の好きな花があればいいと思う。それで幽霊の魂が少しはなぐさめられるなら、安い金額だ。

昼になって、昨夜のメンバーは、中庭でランチを取っていた。一晩たって落ち着くと、勇気を出した昨夜の自分たちが誇らしく思えてくる。皆の顔は明るかった。

「…怖かったけど、真相解明をやってよかった」

「いつまでも噂を放っておいたら、骨の人も報われなかったし」

「正しかったんスよね、俺たち」

「そうさ。真実がなんであろうと、それを確かめる勇気が大事なんだ」

「…それにしても、大佐は一番落ち着いてましたよね。カッコ良かった」

「今更なにを言っているんだ」

「今度はいつか僕がお役に立てるといいな」

「それは、頼もしいですね、大佐」

あはは、と笑い声が中庭に響く。苦難をともにした者たち特有の、清々しい顔をする彼らに、遠くで駆け回っていた犬がすり寄ってきた。抱き寄せるフュリー。逃げ出すブレダ。笑う一同。穏やかな昼過ぎ。

そこを通りかかったホークアイが、皆に声をかけた。

「なにかいいことでもあったんですか？　今日は皆さん明るいですよ」

「いやいや」

ロイは、犬の頭をぐりぐり撫でながら誤魔化《ごまか》す。一様に爽やかに笑う皆に、犬がじゃれついた。そのうちに、前足を持ち上げては降ろし、また持ち上げ、なにかを訴える仕草をする。

「どうしたんだ？　ご飯かい？」

フュリーが犬の前足を手にとって話しかけると、犬はペロリとフュリーをなめた。

「あははっ。くすぐったいぞ」

「おやつを催促《さいそく》してるのよ」

ホークアイが、一旦部屋に戻って包みを持ってきた。

喜んで飛び回る犬に、差し出されたのは骨付き肉だった。

「……」

——誰も、なにも、言わなかった。

皆、どこかで見たような骨を、ただただ凝視《ぎょうし》する。

「ハイ、ちゃんと食べるのよ。お前は成長期で、カルシウムがたくさん必要なんだから」

犬はおやつを受け取るとぐるぐる回って喜んだあと、ダッと駆け出す。

「あ、また隠しに行っちゃうのね」

犬を見送るホークアイの目は優しい。飼い主として、犬の元気な様子は嬉しいのだろう。

「いっつも隠しちゃうんだから。仕方ないわね」

そう言うホークアイが、めったに見せないような笑みをわずかに口元に浮かべていたとしても。

だとしても。

…誰もそれを見ていなかった。

全員の視線は、ひたすら犬の姿を追っていた。第一倉庫、第二倉庫…。そして、十二倉庫の奥で、犬は曲がり、そして、姿は見えなくなった。

「あ…」

「…骨」

「…あの骨を…」

「今、倉庫の向こうに…」

愕然《がくぜん》とする男たちに、ホークアイがあっさりトドメをさした。

「ええ、いつもあそこに隠してるみたい」

「…」

呆然としている男たちの後ろで、ホークアイだけが犬の消えた辺りを暖かい眼差しで見つめていた。


「どうして誰も気づかなかったんだっ」

その後、誰も来ないような隅の非常口で、緊急会議が開かれていた。

「あんな暗い場所じゃよく見えないし、第一あんなバラバラになってちゃ、人間の骨かどうかなんて素人にわかるわけないっスよ」

ハボックは疲れたように答える。

その後の調べで、フュリーの聞いた泣き声というのは、犬の声だと判明した。犬は、懐いているフュリーが通る足音を聞いて、壁の向こうから鼻を鳴らして親愛の情を示していたらしい。土掘りの音が夜しか聞こえないのは、昼間はそれなりに騒がしくて犬が土を掘る音など聞こえないだけだった。ついでに言えば、肝試しの夜に犬が吼えたのは、骨の隠し場所に向う人間に、そっちに行くな、と吼えていたのであった。

真相はあっけなかった。

焦燥感《しょうそうかん》と疲労感で皆が頭を抱える中、ブレダは手をぶるぶると震わす。

「き、昨日…、さ、触っちゃった…っ、犬がしゃぶった骨に触っちまったあああっ」

「手を洗って来い！」

「うわあああ…！」

しばらくしてどこかの水道口からじゃばじゃばと水が流れる音を聞きながら、ファルマンは、タイプライターで打たれた用紙を見せる。

「大佐、本部に送るこの調査依頼書は…？」

「すぐ破棄《はき》しろ！」

ビリビリと破かれる紙を見ながら、フュリーがおずおずと聞く。

「大佐、あの大量の花は…」

「片付けろ！」

ロイは、イライラしながら指示を出す。昨夜の出来事は随分と大変だっただけに、この結果に腹が立つらしい。

「大佐…」

ハボックが、一枚の紙切れをぴらぴらと振った。

「…花屋の代金、経費で落としちゃったんスけど」

「…隠しとおせ!!」


が、そううまくいくはずもなくて。

数日後には、ホークアイに問いただされるフュリーの姿があった。

「この十万センズは、いったいなにに使ったの?」

「いえ、あのぅ…」

経費を申告するための書類を、ロイに渡そうと立ち上がった時の出来事だった。

ホークアイの目から逃れるために、その書類は、作成したハボックからブレダ、ファルマン、そしてフュリーへと、机の下で回されていた。最後にロイがサインし、経理に提出すればそれで一件落着になるはずだった。

だが、運命の女神は意地が悪い。

立ち上がったフュリーと、司令官用の机で仕事をしていたロイの間に、タイミング良く通りかかったのはホークアイ。フュリーが立ち上がって渡すくらいなら間を通った自分が渡してあげようと思ってくれたのだろう。彼女の手が書類を受け取っていた。

経費にしては高額なその金額を、ホークアイが疑問に思っても不思議ではない。問いただされるのは当然のことだった。

フュリーは、皆をちらりと見る。同情と頑張れという視線が三人分。そして、一番大きな机の向こうに座るロイが、ぎりぎりとこちらを睨んでいた。絶対言うんじゃないぞ、と眼力で命令している。

「これはどうしたの？」

「あ、あの…」

経費の使い道がバレれば、肝試しもどきのこともバレてしまう。そうなったら、お咎めはもちろん、十万センズを自分たちの財布から出すことになるのだ。ここで頑張らねば皆に悪いし、ロイも怖い。が、ホークアイに秘密を隠し通せるはずなど、絶対に有り得なかった。

フュリーの心で、ロイに怒られることと、ホークアイに追及されることとの、どっちが辛いかが天秤《てんびん》にかけられる。

「……」

見上げればホークアイの澄んだ茶色の瞳が、じっとフュリーを見つめていた。

隠すのは、不可能だった。

フュリーの中で、天秤が大きく傾《かたむ》いた。

(…ごめんなさい)

心の中で大佐に謝ってから、フュリーは口を開いた。

「実は…」

そして、真実は白日のもとにさらけ出された。


後日。

もちろん、経費は認められなくて。

当座は一番お給料がいい人に支払いをお願いしたいという薄給の部下と、割り勘を主張するロイは、十万センズの出費で揉《も》めまくることになった。

ロイとしては、巻き込まれただけなのに何故払うのだ、と思っていた。階級がかなり下のフュリーはともかく、他の三人が薄給とはいえ、なんだかんだ遊びにもお金を使っているのを知っている。

部下一同としては、とりあえず払っといてほしいな、と思っていた。フュリーは本気で申し訳ないと言っているが、他の三人は、遊び資金はとっておきたいのだ。踏み倒すつもりはないけど、昇給するまで待っててね、ということである。

双方の主張が平行線のまま数日が過ぎ、やがて部下一同からロイの前におごそかに差し出されたのは、あの念書。なにかあれば全責任を負う、と書かれたあれである。そこにはロイが責任を取らなければならない対象について、特に記述されていなかった。つまり、幽霊だろうと生身の人間だろうと、この騒動に関しての『責任』は有効なのであった。

結局、負けたのはロイだった。悔しそうに財布を出しながら、四人を睨む。

「これは、立替だからな！　絶対返せ！」

「すみません、僕はローンでいいですか？　十回払いで」

「五回にしろ！」

「次の給料日まで待ってください」

「絶対だぞっ」

「あ、俺は次の給料日買うものあるので、その次で」

「なんだ、その買うものって⁉」

「そのうち返しますから、信じてくださいよ」

「お前が一番信用ならないんだ、ハボック‼」

それから、数週間。
部下たちが金を返したという話は、いまだに聞こえてこない。

(『第十三倉庫の怪』完)

あとがき

こんにちは。井上真です。

『鋼の錬金術師』を大好きな自分が、その小説を書く…。大変に嬉しい出来事でした。鋼の世界に溶け込めるよう、脳をフル回転させる緊張の日々。同時に大好きなキャラのことを考える楽しい時間。はたから見るとボーッと座ってるだけでも、頭の中では鋼の世界をリュック背負って探検中。額を押さえて悩んでいるようでも、頭の中ではロイ大佐とハボック少尉が漫才中。そんな日々を過ごして出来上がってみれば、さらにどっぷりと鋼ファンになっている自分がいました♪

荒川弘先生の描かれる『鋼の錬金術師』の世界にちょっぴりお邪魔させていただいた、この『鋼の錬金術師・小説版』。荒川先生はもちろん、読んでくださった方に少しでも楽しんでいただけたら嬉しいです。…気に入らなかったら、ごめんなさい。

さて、今回のお仕事でもたくさんの方に大変お世話になりました。

なにより荒川先生。とてもお忙しい中、鋼の世界について色々と教えてくださり、本当に本当にありがとうございました！　お約束通り、ト○ザ○スでダー○ベイダーに見惚れている先生を見つけた時は声をおかけしませんので、私がガ○プラ漁ってる姿を見つけた時も、見ないフリして下さいませ(笑)。

担当の野本さま。アドバイスをいただいたり、すべてにおいて素早い対応をしてくださり、とってもお世話になりました。さらに打ち合わせでは「これをザッと持ってきて、こっちにガーッと流してみて…」とか「こう、ババーンと！」とか「今、ダーッと書き写して…」など、効果音満載のお言葉で、大変耳を楽しませていただきました。そして極めつけのアレ。

井上　真「(年末進行の話し中)…野本さんもますますお忙しくなりますね～」

野本さん「いえいえ仕事ですから！　忙しいのなんてはなっちゃらぷーですよ！」

こんな言葉をとってもプリティなお声で…。三秒後には、自分はお腹痛くなるほど笑ってました。仕事の緊張感の中でも、楽しい時間をありがとうございました。

最後に、読んでくださった方々へ。本当にありがとうございました！

あとがき？

夢見てんじゃねェよ!!

こんにちは、挿絵を描いただけの人です。
あとがきって苦手なので ネタに逃げます。
井上先生、お世話になった出版の方々、読者の
みなさま ありがとうございました！
本編の方もよろしくおねがいいたします。

あらかわひろむ
2003.1がつ

わきあいあい

長編の方は偽エルリック兄弟の話にしてですね、短編の方は……
何!? 何ですか今の沈黙は!!
ヒューズさんに何かあったんですか!!!!
ちょっとー!!
くわしくは 発売中の 鋼の錬金術師 4巻 15話を読もう!!
ガンガンの次号見てね

よし、宣伝ばっちり。

キャラクター設定画

兄

ラッセル・トリンガム

適度な長さで切られた金髪の下からのぞく銀色の瞳。人当たりの良さとすらりとした体格は、エドワードと同じ年(?)とは思えぬほど大人びている。

弟

フレッチャー・トリンガム

兄と同じ金髪銀目だが、小さな身体でうつむく仕草はどこか儚げである。だが、兄を思う気持ちは誰にも負けない、心優しき少年だ。

荒川 弘

5月8日生まれ、北海道出身。1999年「STRAY DOG」にて「エニックス21世紀マンガ大賞」の大賞を受賞。2001年「月刊少年ガンガン」8月号より「鋼の錬金術師」を連載開始。

井上 真

○夢中なもの
ＦＦⅦ。シマリス（溺愛中）。
○今回の原稿のお友達
緑茶・紅茶・珈琲・チョコレート。及び果物各種。
○ 決まりごと
バナナはリスと分け合って食べる。

両先生へのファンレターあて先
〒151-8544
東京都渋谷区代々木3-22-7-3F
スクウェア・エニックス　少年ガンガン編集部
「小説 鋼の錬金術師 ○○先生」係

小説 **鋼の錬金術師**
砂礫の大地

2003年3月21日　初版発行
2004年3月10日　9刷発行

原作・イラスト◆荒川 弘

著　者◆井上 真

発行人◆田口浩司

発行所◆株式会社スクウェア・エニックス
〒151-8544
東京都渋谷区代々木3-22-7　新宿文化クイントビル3階
営　　業　03(5333)0832
編　　集　03(5333)0835

印刷所◆加藤製版印刷株式会社

ISBN4-7575-0871-9　C0293